The Burning Mountain

The Burning Mountain

A Story in Simplified Chinese and Pinyin,
1800 Word Vocabulary Level
Includes English Translation

Book 20 of the *Journey to the West* Series

Written by Jeff Pepper
Chinese Translation by Xiao Hui Wang

Based on chapters 59 through 61 of the original Chinese
novel *Journey to the West* by Wu Cheng'en

IMAGIN8
PRESS

Published in the United States by Imagin8 Press LLC, Verona, Pennsylvania, US. For information, contact us via email at info@imagin8press.com or visit www.imagin8press.com.

Our books may be purchased directly in quantity at a reduced price, visit our website www.imagin8press.com for details.

Imagin8 Press, the Imagin8 logo and the sail image are all trademarks of Imagin8 Press LLC.

Written by Jeff Pepper
Chinese translation by Xiao Hui Wang
Cover design by Katelyn Pepper and Jeff Pepper
Book design by Jeff Pepper
Artwork by Next Mars Media, Luoyang, China
Audiobook narration by Junyou Chen

Based on the original 16th century Chinese novel by Wu Cheng'en

ISBN: 9781952601712
Version 04.01

Acknowledgements

We are deeply indebted to the late Anthony C. Yu for his incredible four-volume translation, *The Journey to the West* (University of Chicago Press, 1983, revised 2012).

We have also referred frequently to another unabridged translation, William J.F. Jenner's *The Journey to the West* (Collinson Fair, 1955; Silk Pagoda, 2005), as well as the original Chinese novel 西游记 by Wu Cheng'en (People's Literature Publishing House, Beijing, 1955). And we've gathered valuable background material from Jim R. McClanahan's *Journey to the West Research Blog* (www.journeytothewestresearch.com).

And many thanks to the team at Next Mars Media for their terrific illustrations, Jean Agapoff for her careful proofreading, and Junyou Chen for his wonderful audiobook narration.

Audiobook

A complete Chinese language audio version of this book is available free of charge. To access it, go to YouTube.com and search for the Imagin8 Press channel. There you will find free audiobooks for this and all the other books in this series.

You can also visit our website, www.imagin8press.com, to find a direct link to the YouTube audiobook, as well as information about our other books.

Preface

Here's a summary of the events of the previous books in the Journey to the West *series. The numbers in brackets indicate in which book in the series the events occur.*

Thousands of years ago, in a magical version of ancient China, a small stone monkey is born on Flower Fruit Mountain. Hatched from a stone egg, he spends his early years playing with other monkeys. They follow a stream to its source and discover a secret room behind a waterfall. This becomes their home, and the stone monkey becomes their king. After several years the stone monkey begins to worry about the impermanence of life. One of his companions tells him that certain great sages are exempt from the wheel of life and death. The monkey goes in search of these great sages, meets one and studies with him, and receives the name Sun Wukong. He develops remarkable magical powers, and when he returns to Flower Fruit Mountain he uses these powers to save his troop of monkeys from a ravenous monster. *[Book 1]*

With his powers and his confidence increasing, Sun Wukong manages to offend the underwater Dragon King, the Dragon King's mother, all ten Kings of the Underworld, and the great Jade Emperor himself. Finally, goaded by a couple of troublemaking demons, he goes too far, calling himself the Great Sage Equal to Heaven and sets events in motion that cause him some serious trouble. *[Book 2]*

Trying to keep Sun Wukong out of trouble, the Jade Emperor gives him a job in heaven taking care of his Garden of Immortal Peaches, but the monkey cannot stop himself from eating all the peaches. He impersonates a great Immortal and crashes a party in Heaven, stealing the guests' food and drink and barely escaping to his loyal troop of monkeys back on

Earth. In the end he battles an entire army of Immortals and men, and discovers that even calling himself the Great Sage Equal to Heaven does not make him equal to everyone in Heaven. As punishment, the Buddha himself imprisons him under a mountain. *[Book 3]*

Five hundred years later, the Buddha decides it is time to bring his wisdom to China, and he needs someone to lead the journey. A young couple undergo a terrible ordeal around the time of the birth of their child Xuanzang. The boy grows up as an orphan but at age eighteen he learns his true identity, avenges the death of his father and is reunited with his mother. Xuanzang will later fulfill the Buddha's wish and lead the journey to the west. *[Book 4]*

Another storyline starts innocently enough, with two good friends chatting as they walk home after eating and drinking at a local inn. One of the men, a fisherman, tells his friend about a fortuneteller who advises him on where to find fish. This seemingly harmless conversation between two minor characters triggers a series of events that eventually cost the life of a supposedly immortal being, and cause the great Tang Emperor himself to be dragged down to the underworld. He is released by the Ten Kings of the Underworld, but is trapped in hell and only escapes with the help of a deceased courtier. *[Book 5]*

Barely making it back to the land of the living, the Emperor selects the young monk Xuanzang to undertake the journey, after being strongly influenced by the great bodhisattva Guanyin. The young monk sets out on his journey. After many difficulties his path crosses that of Sun Wukong, and the monk releases him from his prison under a mountain. Sun Wukong becomes the monk's first disciple. *[Book 6]*

As their journey gets underway, they encounter a mysterious

river-dwelling dragon, then run into serious trouble while staying in the temple of a 270 year old abbot. Their troubles deepen when they meet the abbot's friend, a terrifying black bear monster, and Sun Wukong must defend his master. *[Book 7]*

The monk, now called Tangseng, acquires two more disciples. The first is the pig-man Zhu Bajie, the embodiment of stupidity, laziness, lust and greed. In his previous life, Zhu was the Marshal of the Heavenly Reeds, responsible for the Jade Emperor's entire navy and 80,000 sailors. Unable to control his appetites, he got drunk at a festival and attempted to seduce the Goddess of the Moon. The Jade Emperor banished him to earth, but as he plunged from heaven to earth he ended up in the womb of a sow and was reborn as a man-eating pig monster. He was married to a farmer's daughter, but fights with Sun Wukong and ends up joining and becoming the monk's second disciple. *[Book 8]*

Sha Wujing was once the Curtain Raising Captain but was banished from heaven by the Yellow Emperor for breaking an extremely valuable cup during a drunken visit to the Peach Festival. The travelers meet Sha and he joins them as Tangseng's third and final disciple. The four pilgrims arrive at a beautiful home seeking a simple vegetarian meal and a place to stay for the night. What they encounter instead is a lovely and wealthy widow and her three even more lovely daughters. This meeting is, of course, much more than it appears to be, and it turns into a test of commitment and virtue for all of the pilgrims, especially for the lazy and lustful pig-man Zhu Bajie. *[Book 9]*

Heaven continues to put more obstacles in their path. They arrive at a secluded mountain monastery which turns out to be the home of a powerful master Zhenyuan and an ancient and magical ginseng tree. As usual, the travelers' search for a nice hot meal and a place to sleep quickly turns into a disaster. Zhenyuan has gone away for a few days and has left his two youngest disciples in charge. They welcome the travelers, but soon there are misunderstandings, arguments, battles in the sky, and before long the travelers are facing a powerful and extremely angry adversary, as well as mysterious magic fruits and a large frying pan full of hot oil. *[Book 10]*

Next, Tangseng and his band of disciples come upon a strange pagoda in a mountain forest. Inside they discover the fearsome Yellow Robed Monster who is living a quiet life with his wife and their two children. Unfortunately the monster has a bad habit of ambushing and eating travelers. The travelers find themselves drawn into a story of timeless love and complex lies as they battle for survival against the monster and his allies. *[Book 11]*

The travelers arrive at level Top Mountain and encounter their most powerful adversaries yet: Great King Golden Horn and his younger brother Great King Silver Horn. These two monsters, assisted by their elderly mother and hundreds of well-armed demons, attempt to capture and liquefy Sun Wukong, and eat the Tang monk and his other disciples. *[Book 12]*

The monk and his disciples resume their journey. They stop to rest at a mountain monastery in Black Rooster Kingdom, and Tangseng is visited in a dream by someone claiming to be the ghost of a murdered king. Is he telling the truth or is he actually a demon in disguise? Sun Wukong offers to sort things out with his iron rod. But things do not go as planned. *[Book 13]*

While traveling the Silk Road, Tangseng and his three disciples encounter a young boy hanging upside down from a tree. They rescue him only to discover that he is really Red Boy, a powerful and malevolent demon and, it turns out, Sun Wukong's nephew. The three disciples battle the demon but soon discover that he can produce deadly fire and smoke which nearly kills Sun Wukong. *[Book 14]*

leaving Red Boy with the bodhisattva Guanyin, the travelers continue to the wild country west of China. They arrive at a strange city where Daoism is revered and Buddhism is forbidden. Sun Wukong gleefully causes trouble in the city, and finds himself in a series of deadly competitions with three Daoist Immortals. *[Book 15]*

Continuing westward, The Monkey King Sun Wukong leads the Tang monk and his two fellow disciples westward until they come to a village where the people live in fear of the Great Demon King who demands two human sacrifices each year. Sun Wukong and the pig-man Zhu Bajie try to trick the Demon King but soon discover that the Demon King has clever plans of his own. *[Book 16]*

Several months later, Sun Wukong steals rice from an elderly villager's kitchen, then Zhu Bajie takes three silk vests from a seemingly abandoned tower. These small crimes trigger a violent confrontation with a monster who uses a strange and powerful weapon to disarm and defeat the disciples. Helpless and out of options, Sun Wukong must journey to Thunderclap Mountain and beg the Buddha himself for help. *[Book 17]*

Springtime comes and the travelers run into difficulties and temptations in a nation of women and girls. First, Tangseng and Zhu become pregnant after drinking from the Mother and Child River. Later, the nation's queen meets Tangseng and pressures him to marry her. He barely escapes that fate, only to be kidnapped by a powerful female demon who takes him to her cave and tries to seduce him. The travelers must use all their tricks and strength to escape. *[Book 18]*

Continuing their journey, Tangseng has harsh words for the monkey king Sun Wukong. His pride hurt, Sun Wukong complains to the Bodhisattva Guanyin and asks to be released from his service to the monk. She refuses his request. This leads to a case of mistaken identity and an earthshaking battle that begins in the sky over the monkey's home on Flower Fruit Mountain, moves through the palaces of heaven and the depths of the underworld, and ends in front of the Buddha himself. *[Book 19]*

Their issues resolved for the time being, the four travelers continue on their journey to the west…

The Burning Mountain

燃烧的山

Dì 59 Zhāng

Wǒ qīn'ài de háizi, zài zuó wǎn wǒ gěi nǐ jiǎng de gùshì lǐ, hóu wáng Sūn Wùkōng shā le jǐ gè qiángdào. Zhè ràng Tángsēng hěn shēngqì. Zhè ràng Sūn Wùkōng duì tā de shīfu yě hěn shēngqì. Lìngwài liǎng gè túdì, zhū rén Zhū Bājiè hé dà gèzi ānjìng de Shā Wùjìng, yě biàn dé shēngqì hé bù gāoxìng. Yīnwèi zhè sì gè yóurén dōu bú yuànyì fàngxià tāmen de fènnù, yígè móguǐ cáinéng biàn chéng Sūn Wùkōng de yàngzi, zàochéng le dà máfan. Zhè jīhū zàochéng le Tángsēng de sǐ.

Dànshì, zài fózǔ hé Guānyīn púsà de bāngzhù xià, zhèxiē wèntí dédào le jiějué. Móguǐ bèi shā sǐ. Tángsēng ràng Sūn Wùkōng huílái, réngrán zuò tā de túdì. Zhè sì wèi yóurén fàngxià le fènnù, jìxù xīyóu. Yǒu shī shuō,

Fènnù xuēruò wǔxíng

Dàn móguǐ de shībài dài lái le tiāntáng de guāngmíng

第 59 章

我亲爱的孩子，在昨晚我给你讲的故事里，猴王孙悟空杀了几个强盗。这让唐僧很生气。这让孙悟空对他的师父也很生气。另外两个徒弟，猪人猪八戒和大个子安静的沙悟净，也变得生气和不高兴。因为这四个游人都不愿意放下他们的愤怒，一个魔鬼才能变成孙悟空的样子，造成了大麻烦。这几乎造成了唐僧的死。

但是，在佛祖和观音菩萨的帮助下，这些问题得到了解决。魔鬼被杀死。唐僧让孙悟空回来，仍然做他的徒弟。这四位游人放下了愤怒，继续西游。有诗说，

愤怒削弱[1]五行[2]

但魔鬼的失败带来了天堂的光明

---

[1] 削弱　　　xuēruò – to weaken

[2] The five natural forces are: fire (火 huǒ), water (水 shuǐ), wood (木 mù), metal or gold (金 jīn), and earth (土 tǔ). The five forces form a cycle. A writing from the 6th century BC says: "Heaven has produced the five elements which supply humankind's requirements, and the people use them all. Not one of them can be dispensed with."

Jīngshén huí, xīn ānjìng

Liù gǎn jìng, dān yào jìn

Yóurénmen kàndào le xià rè de jiéshù hé qiūtiān de dàolái. Lǜyè biàn chéng huángsè hé hóngsè. Yě é fēiguò tiānkōng. Xīshuǐ biàn lěng. Cǎodì hé shù shàng gàizhe zǎochén de shuāng, tāmen kěyǐ kàndào yuǎn chù shāndǐng shàng de xuě.

Dànshì, dāng yóurénmen zǒu jìn yígè cūnzhuāng shí, tāmen juédé tiānqì biàn nuǎn le. Tángsēng shuō, "Túdìmen, xiànzài shì qiūtiān le, wèishénme gǎnjué xiàng xiàtiān?"

Zhū huídá shuō, "Shīfu, wǒ xiǎng wǒmen kuài dào tiānbiān le. Zhèlǐ shì měitiān wǎnshàng tàiyáng xià dào xīhǎi de dìfāng. Dāng tàiyáng zhào dào shuǐmiàn shàng de shíhòu, hǎizhōng shēngchū jùdà de shuǐ zhēngqì yún. Wǒ xiǎng wǒmen zhèng gǎndào de rè láizì nà shuǐ zhēngqì."

精神回，心安静

六感静，丹药近

游人们看到了夏热的结束和秋天的到来。绿叶变成黄色和红色。野[3]鹅飞过天空。溪水变冷。草地和树上盖着早晨的霜，他们可以看到远处山顶上的雪。

但是，当游人们走近一个村庄时，他们觉得天气变暖了。<u>唐僧</u>说，"徒弟们，现在是秋天了，为什么感觉像夏天？"

<u>猪</u>回答说，"师父，我想我们快到天边了。这里是每天晚上太阳下到西海的地方。当太阳照到水面上的时候，海中生出巨大[4]的水蒸汽[5]云。我想我们正感到的热来自那水蒸汽。"

---

[3] 野　　　yě – wild
[4] 巨大　　jùdà – huge
[5] 蒸汽　　zhēngqì – steam

Sūn Wùkōng xiàozhe shuō, "Zhū, nǐ zhēn bèn. Shīfu kěyǐ xíngzǒu jǐ shēng, réngrán méiyǒu zǒu dào tiānbiān. Zhè rè yídìng yǒu qítā de yuányīn."

Hěn kuài, tāmen lái dào yìxiē dà fángzi qián. Hóngsè de fáng dǐng, hóngsè de mén, hóngsè de zhuāntóu qiáng, hóngsè de mù dèng. Tángsēng zhǐzhe qízhōng yí dòng fángzi shuō, "Wùkōng, qù nà dòng fángzi, wèn wèn wèishénme tiānqì zhème rè."

Sūn Wùkōng líkāi dàlù, xiàng fángzi zǒu qù. Jiù zài zhè shí, yí wèi lǎorén cóng fángzi lǐ chūlái. Tā chuānzhe yí jiàn bú tài huáng, bú tài hóng de cháng yī. Tā de màozi bú tài lán, yě bú tài hēi. Tā de xuēzi bú tài xīn, yě bú tài jiù. Tā de méimáo shì báisè de, tā de yìxiē yá shì jīnsè de. Dāng tā kàndào Sūn Wùkòng shí, tā hàipà le.

孙悟空笑着说，"猪，你真笨。师父可以行走几生，仍然没有走到天边。这热一定有其他的原因。"

很快，他们来到一些大房子前。红色的房顶，红色的门，红色的砖头[6]墙，红色的木凳[7]。唐僧指着其中一栋房子说，"悟空，去那栋房子，问问为什么天气这么热。"

孙悟空离开大路，向房子走去。就在这时，一位老人从房子里出来。他穿着一件不太黄、不太红的长衣。他的帽子不太蓝，也不太黑。他的靴子不太新，也不太旧。他的眉毛是白色的，他的一些牙是金色的。当他看到孙悟空时，他害怕了。

---

[6] 砖头   zhuāntóu – brick
[7] 凳   dèng – bench, stool

Sūn Wùkōng xiàng nà rén jūgōng shuō, "Qǐng búyào hàipà, yéye. Wǒ shì Táng dìguó yígè héshang de túdì. Tā bèi Táng huángdì sòng qù xīfāng zhǎo shèngjīng. Wǒmen yǒu sì gè rén. Wǒmen gāng dào zhèlǐ. Wǒmen jiù gǎndào zhèlǐ de rè. Nǐ néng gàosù wǒmen wèishénme zhèlǐ zhème rè ma?"

Lǎorén fàngsōng le yìdiǎn, shuō, "Qǐng búyào shēngqì, wǒ de péngyǒu. Zhè wèi lǎorén kàn bú tài qīngchǔ. Nǐ de shīfu zài nǎlǐ? Qǐng tā guòlái." Tángsēng hé lìngwài liǎng gè túdì xiàng fángzi zǒu qù, lǎorén qǐng tāmen sì gè rén dào tā jiā hē chá.

"Nǐmen lái dào le Huǒyàn Shān," tā yìbiān dào chá yìbiān shuō. "Zhèlǐ méiyǒu chūntiān, yě méiyǒu qiūtiān. Suǒyǒu sì gè jìjié dōu rè. Nà zuò shān lí zhèlǐ xiàng xī liùshí lǐ zuǒyòu yuǎn. Shānhuǒ shāo xiàng liǎngbiān, yǒu sìbǎi lǐ yuǎn, dǎngzhù le lù. Nǐmen zǒu bú guòqù. Rúguǒ nǐmen yào guò nà zuò shān, nǐmen huì bèi shāohuǐ huò biàn chéng yètǐ." Tángsēng tīng le, biàn dé fēicháng hàipà.

孙悟空向那人鞠躬说，"请不要害怕，爷爷。我是唐帝国一个和尚的徒弟。他被唐皇帝送去西方找圣经。我们有四个人。我们刚到这里。我们就感到这里的热。你能告诉我们为什么这里这么热吗？"

老人放松了一点，说，"请不要生气，我的朋友。这位老人看不太清楚。你的师父在哪里？请他过来。"唐僧和另外两个徒弟向房子走去，老人请他们四个人到他家喝茶。

"你们来到了火焰山，"他一边倒茶一边说。"这里没有春天，也没有秋天。所有四个季节都热。那座山离这里向西六十里[8]左右远。山火烧向两边，有四百里远，挡住了路。你们走不过去。如果你们要过那座山，你们会被烧毁或变成液体。"唐僧听了，变得非常害怕。

---

[8] These are Chinese miles, called 里 (lǐ), which at the time was equal to about a third of a mile. The character is a combination of "field" (田, tián) and "land" or "dust" (土, tǔ), since in ancient times a *li* was considered to be the length of a village.

Jiù zài zhè shí, yígè niánqīng rén lái dào fáng mén kǒu. Tā zài mài mǐ gāo. Sūn Wùkōng cóng tóushàng bá le yì gēn tóufà, bǎ tā biàn chéng le yígè yìngbì. Tā bǎ yìngbì gěi niánqīng rén, mǎi le yìxiē mǐ gāo. Dànshì mǐ gāo tài rè le, Sūn Wùkōng méiyǒu bànfǎ bǎ tā ná zài shǒu lǐ. Tā bǎ tā cóng yì zhī shǒu rēng dào lìng yì zhī shǒu, měi cì mǐ gāo pèngdào tā de shǒu shí, tā dōuhuì tòngkǔ de dà jiào.

"Wǒ de péngyǒu," niánqīng rén xiàozhe shuō, "rúguǒ nǐ bù xǐhuān rè, nǐ bù yīng gāi zài zhèlǐ!"

Sūn Wùkōng huídá shuō, "Niánqīng rén, rúguǒ zhèlǐ zhème rè, dàotián zhòng de mǐ zěnme shēngzhǎng? Zěnme yǒu mǐ zuò mǐ gāo?" Niánqīng rén huídá shuō,

    "Rúguǒ nǐ xiǎng yào de shì mǐ,
    Nǐ bìxū wèn Tiě Shàn Xiānrén."

"Zhè shì shénme yìsi?" Sūn Wùkōng wèn.

就在这时，一个年轻人来到房门口。他在卖米糕[9]。孙悟空从头上拔了一根头发，把它变成了一个硬币[10]。他把硬币给年轻人，买了一些米糕。但是米糕太热了，孙悟空没有办法把它拿在手里。他把它从一只手扔到另一只手，每次米糕碰到他的手时，他都会痛苦地大叫。

"我的朋友，"年轻人笑着说，"如果你不喜欢热，你不应该在这里！"

孙悟空回答说，"年轻人，如果这里这么热，稻田种的米怎么生长？怎么有米做米糕？"年轻人回答说，

"如果你想要的是米，
你必须问铁扇仙人。"

"这是什么意思？"孙悟空问。

---

[9] 糕　　　　gāo – cake; here, rice cakes
[10] 硬币　　　yìngbì – coin

"Tiě Shàn Xiānrén yǒu yì bǎ shénqí de bājiāo yè shànzi.
Huīdòng yíxià tā de shànzi jiù kěyǐ bǎ huǒ miè le.
Huīdòng dì èr cì kěyǐ dài lái liáng fēng. Huīdòng dì sān cì
kěyǐ dài lái yǔ. Dāng Tiě Shàn Xiānrén huīdòng tā de shàn
zi shí, wǒmen kěyǐ zhòng wǔgǔ, yǒu shíwù chī."

"Shīfu," Sūn Wùkōng shuō, "wǒ huì zhǎodào zhège Tiě
Shàn Xiānrén. Wǒ huì qǐng tā bǎ shànzi gěi wǒ. Wǒmen
xiān yào yòng shànzi bǎ shānshàng de huǒ miè le,
zhèyàng wǒmen jiù kěyǐ xiàng xī zǒu. Ránhòu, wǒ yào bǎ
shànzi gěi zhèlǐ de rén, zhèyàng tāmen jiù kěyǐ zài
zhèngcháng de qíngkuàng xià zhòng wǔgǔ."

Lǎorén shuō, "Tā bú huì bǎ shànzi gěi nǐ de. Nǐmen
zhèxiē rén méiyǒu rènhé lǐwù. Měi shí nián, Tiě Shàn
Xiānrén hé zhège dìfāng de měi jiā rén jiàn yícì miàn. Měi
rén gěi tā zhū, yáng, jī, é, jiǔ hé huā. Tāmen qǐngqiú tā lái
kòngzhì huǒ, nàyàng tāmen kěyǐ zhòng wǔgǔ."

"Gàosù wǒ tā zhù zài nǎlǐ."

"铁扇仙人有一把神奇的芭蕉[11]叶扇子。挥动一下他的扇子就可以把火灭了。挥动第二次可以带来凉风。挥动第三次可以带来雨。当铁扇仙人挥动他的扇子时，我们可以种五谷，有食物吃。"

"师父，"孙悟空说，"我会找到这个铁扇仙人。我会请他把扇子给我。我们先要用扇子把山上的火灭了，这样我们就可以向西走。然后，我要把扇子给这里的人，这样他们就可以在正常的情况下种五谷。"

老人说，"他不会把扇子给你的。你们这些人没有任何礼物。每十年，铁扇仙人和这个地方的每家人见一次面。每人给他猪，羊，鸡，鹅，酒和花。他们请求他来控制火，那样他们可以种五谷。"

"告诉我他住在哪里。"

---

11 芭蕉　　　　bājiāo – plantain, banana

"Tā zhù zài Cuì Yún Shān shàng, zài yígè jiào Bājiāo Dòng de dòng lǐ. Lí zhè lǐ yǒu 1,450 lǐ zuǒyòu. Nǐ xūyào yígè duō yuè de shíjiān cáinéng dào nàlǐ. Nà lǐ yǒu xǔduō lǎohǔ hé láng."

"Nà búshì wèntí," hóu wáng xiàozhe shuō. Tā tiào dào kōngzhōng xiāoshī le. Jǐ miǎozhōng hòu, tā lái dào le Cuì Yún Shān. Tā wǎng xià kàn, kànjiàn yígè rén zài kǎn mùtou. Tā lái dào dìshàng, zǒu dào kǎn mù rén miànqián, jūgōng shuō, "Kǎn mù xiōngdì, qǐng jiēshòu wǒ de jūgōng. Qǐngwèn nǎlǐ kěyǐ zhǎodào Cuì Yún Shān, Bājiāo Dòng hé Tiě Shàn Xiānrén?"

Kǎn mù rén jūgōng, huídá shuō, "Xiānshēng, nǐ hǎo. Nǐ yǐjīng zài zhè shānshàng le, nǐ zhǎo de dòng jiù zài fùjìn. Dàn wǒ bìxū gàosù nǐ, zhèlǐ méiyǒu rén jiào Tiě Shàn Xiānrén. Dànshì zhè lǐ yǒu Tiě Shàn Gōngzhǔ, yě jiào Luóshā. Tā yǒu kěyǐ mièhuǒ de bājiāo yè shànzi. Tā shì Niú Mó Wáng de qīzi."

Sūn Wùkōng chījīng de zhǎ le zhǎ yǎn. Niú Mó Wáng shì tā wǔbǎi nián qián de lǎo péngyǒu hé xiōngdì. Dàn Sūn Wùkōng jīhū bèi Niú Mó Wáng de er

"他住在翠云山上，在一个叫芭蕉洞的洞里。离这里有 1,450 里左右。你需要一个多月的时间才能到那里。那里有许多老虎和狼。"

"那不是问题，"猴王笑着说。他跳到空中消失了。几秒钟后，他来到了翠云山。他往下看，看见一个人在砍木头。他来到地上，走到砍木人面前，鞠躬说，"砍木兄弟，请接受[12]我的鞠躬。请问哪里可以找到翠云山、芭蕉洞和铁扇仙人？"

砍木人鞠躬，回答说，"先生，你好。你已经在这山上了，你找的洞就在附近。但我必须告诉你，这里没有人叫铁扇仙人。但是这里有铁扇公主，也叫罗刹。她有可以灭火的芭蕉叶扇子。她是牛魔王的妻子。"

孙悟空吃惊地眨了眨眼。牛魔王是他五百年前的老朋友和兄弟。但孙悟空几乎被牛魔王的儿

---

[12] 接受　　　jiēshòu – to accept

zi Hóng Hái'ér shāo sǐ, nà shí Hóng Hái'ér xiǎng yòng wǔ liàng zhuāng mǎn mó huǒ de chē shā sǐ tā. Tā hái jìdé Hóng Hái'ér de shūshu duì Sūn Wùkōng hěn shēngqì, zài Nǚ'ér Guó de Pò Er Dòng lǐ jùjué gěi tā mó shuǐ. Xiànzài kàn qǐlái tā huì jiàndào Hóng Hái'ér de māma, kěnéng hái yǒu tā de bàba.

Kǎn mù rén kàndào Sūn Wùkōng yìzhí zài xiǎngzhe. Tā shuō, "Zhǎnglǎo, nǐ shì yígè héshang. Nǐ yǐjīng líkāi le jiā. Búyào dānxīn guòqù huò wèilái. Qù jiàn Luóshā, zhǐ xiǎngzhe jiè shànzi, búyào xiǎng rènhé yǐqián yǒuguò de bù kāixīn. Wǒ xiāngxìn nǐ huì dédào nǐ zài zhǎo de dōngxi."

Sūn Wùkōng shēn shēn de jūgōng, huídá shuō, "Wǒ gǎnxiè kǎn mù xiōngdì cōngmíng de huà." Tā zǒu le yì xiǎoduàn lù, dào le Bājiāo Dòng de jìnkǒu. Tā dǎ mén, hǎn dào, "Kāimén!"

Mén màn man dǎkāi. Yígè niánqīng nǚhái zǒu le chūlái. Tā chuānzhe jiù suì bù, shǒu lǐ názhe yí shù huā. Jiān shàng yì bǎ xiǎo bàzi.

子红孩儿烧死，那时红孩儿想用五辆装满魔火的车杀死他[13]。他还记得红孩儿的叔叔[14]对孙悟空很生气，在女儿国的破儿洞里拒绝给他魔水。现在看起来他会见到红孩儿的妈妈，可能还有他的爸爸[15]。

砍木人看到孙悟空一直在想着。他说，"长老，你是一个和尚。你已经离开了家。不要担心过去或未来。去见罗刹，只想着借扇子，不要想任何以前有过的不开心。我相信你会得到你在找的东西。"

孙悟空深深地鞠躬，回答说，"我感谢砍木兄弟聪明的话。"他走了一小段路，到了芭蕉洞的进口。他打门，喊道，"开门！"

门慢慢打开。一个年轻女孩走了出来。她穿着旧碎布，手里拿着一束花。肩上一把小耙子。

---

[13] This story is told in *The Cave of Fire*.
[14] 叔叔　　　　　shūshu – paternal uncle (father's younger brother)
[15] This story is told in *The Country of Women*.

Sūn Wùkōng shuō, "Xiǎo nǚhái, qǐng gàosù Luóshā, Tángguó de Sūn Wùkōng lái kàn tā le. Wǒ xiǎng jiè tā de shànzi."

Nǚhái zǒu jìn shāndòng, xiàng Luóshā bàogào le zhè shì. Dāng Luóshā tīngshuō shì Sūn Wùkōng lái le, hǎoxiàng yóu bèi dào zài le huǒ shàng. Tā tiào le qǐlái, hǎn dào, "Nà wúchǐ de húsūn lái le? Púrénmen, bǎ wǒ de kuījiǎ hé wǔqì ná gěi wǒ!" Tā chuān shàng le cháng yī, yāo shàng shì liǎng tiáo lǎohǔ jīn zuò de yāodài. Tā měi zhī shǒu shàng názhe yì bǎ lán gāng jiàn. Tā kàn qǐlái bǐ yèchā gèng lìhài. Tā pǎo chū shāndòng, hǎn dào, "Sūn Wùkōng zài nǎlǐ?"

Sūn Wùkōng jūgōng, duì tā shuō, "Sǎosao, lǎo hóuzi zài zhèlǐ xiàng nǐ wènhǎo."

"Nǐ zěnme gǎn jiào wǒ sǎosao?"

"Xǔduō nián qián, nǐ de zhàngfu Niú Mó Wáng shì wǒ de lǎo péngyǒu hé xiōngdì. Wǒ wèishénme bù yīng gāi jiào nǐ sǎosao?"

孙悟空说，"小女孩，请告诉罗刹，唐国的孙悟空来看她了。我想借她的扇子。"

女孩走进山洞，向罗刹报告了这事。当罗刹听说是孙悟空来了，好像油被倒在了火上。她跳了起来，喊道，"那无耻[16]的猢狲来了？仆人们，把我的盔甲和武器拿给我！"她穿上了长衣，腰上是两条老虎筋[17]做的腰带。她每只手上拿着一把蓝钢剑。她看起来比夜叉更厉害。她跑出山洞，喊道，"孙悟空在哪里？"

孙悟空鞠躬，对她说，"嫂嫂[18]，老猴子在这里向你问好。"

"你怎么敢叫我嫂嫂？"

"许多年前，你的丈夫牛魔王是我的老朋友和兄弟。我为什么不应该叫你嫂嫂？"

---

[16] 无耻　　　wúchǐ – shameless, wretched
[17] 筋　　　　jīn – tendon
[18] 嫂嫂　　　sǎosao – sister in law (older brother's wife)

"Wúchǐ de húsūn, nǐ wèishénme zhuā wǒ de érzi?"

Sūn Wùkōng jiǎzhuāng bù dǒng. "Nǐ de érzi shì shuí?"

"Tā shì Hóng Hái'ér, Shèng Yīng Dàwáng. Nǐ dǎbài le tā.
Wǒ yào bàochóu, xiànzài nǐ jiù zài zhèlǐ!"

Sūn Wùkōng xiàozhe shuō, "Qīn'ài de sǎosao, wǒ juédé
nǐ bú tài liǎojiě qíngkuàng. Nǐ érzi zhuā le wǒ de shīfu,
yào bǎ tā zhǔ le chī. Guānyīn púsà zhuā le nà háizi, jiù le
wǒ de shīfu. Tā chéng le Guānyīn de túdì, tā xiànzài hěn
kāixīn. Tā hé tiāndì tóng suì, hé tàiyáng yuèliang huó dé
yíyàng cháng. Nǐ yīnggāi gǎnxiè lǎo hóuzi bāng le nǐ de
érzi!"

Tā xiàng tā tǔ kǒushuǐ. "Nǐ zhège shuōhuǎng de hóuzi.
Wǒ zěnyàng cáinéng zàicì jiàndào wǒ de érzi?"

"Zhè búshì wèntí. Bǎ nǐ de shànzi jiè gěi wǒmen. Wǒmen
bǎ shānshàng de huǒ miè le, zhèyàng wǒ de shīfu jiù kěyǐ
jìxù tā de xīxíng. Ránhòu, wǒ qù jiàn Guānyīn, qǐng tā hé
nǐ de érzi lái

"无耻的猢狲，你为什么抓我的儿子？"

<u>孙悟空</u>假装不懂。"你的儿子是谁？"

"他是<u>红孩儿</u>，<u>圣婴大王</u>。你打败了他。我要报仇，现在你就在这里！"

<u>孙悟空</u>笑着说，"亲爱的嫂嫂，我觉得你不太了解情况。你儿子抓了我的师父，要把他煮了吃。<u>观音</u>菩萨抓了那孩子，救了我的师父。他成了<u>观音</u>的徒弟，他现在很开心。他和天地同岁，和太阳月亮活得一样长。你应该感谢老猴子帮了你的儿子！"

她向他吐口水。"你这个说谎的猴子。我怎样才能再次见到我的儿子？"

"这不是问题。把你的扇子借[19]给我们。我们把山上的火灭了，这样我的师父就可以继续他的西行。然后，我去见<u>观音</u>，请她和你的儿子来

---

[19] 借 (jiè) can mean "to borrow" or "to lend, depending on context.

kàn nǐ."

"Tíngzhǐ fāndòng nǐ de shétou, nǐ zhè wúchǐ de hóuzi.
Wān xià yāo, ràng wǒ yòng wǒ de lán gāng jiàn kǎn jǐ xià
nǐ de tóu. Rúguǒ nǐ néng rěnshòu zhù tòng, wǒ huì bǎ
shànzi jiè gěi nǐ."

Sūn Wùkōng tóngyì le. Tā wān xià yāo, nàyàng Luóshā
kěyǐ kànjiàn tā de tóu. Luóshā yòng tā de lán gāng jiàn
zài tā de bózi shàng kǎn le shí dào shíwǔ cì. Jiàn zhǐshì
cóng tā de bózi shàng tán kāi le. Tā zhuǎnshēn, xiǎng
táozǒu, dàn Sūn Wùkōng shuō, "Sǎosao, nǐ yào qù nǎlǐ?
Nǐ wàng le nǐ de chéngnuò le ma? Shì shì wǒ de bàng!"
Tā bǎ xiǎo xiǎo de jīn gū bàng cóng tā de ěrduo lǐ ná
chūlái, qīngshēng shuō, "biàn." Tā biàn chéng le yuánlái
de dàxiǎo, xiàng fànwǎn yíyàng cū de yì gēn bàng. Tā
xiǎng yào gōngjī Luōshā, dànshì tā yòng tā de jiàn
dǎngzhù le tā de gōngjī. Hěn kuài, tāmen jiù dǎ le qǐlái,
wánquán wàngjì le tāmen jiān de yǒuhǎo.

Luóshā shì ge jìshù hěn hǎo de zhànshì, Sūn Wùkōng
bùnéng hěn róngyì de dǎbài tā. Tāmen zhàndòu le jǐ gè
xiǎoshí, yìdiǎn dōu méiyǒu

看你。"

"停止翻动你的舌头，你这无耻的猴子。弯下腰，让我用我的蓝钢剑砍几下你的头。如果你能忍受[20]住痛，我会把扇子借给你。"

孙悟空同意了。他弯下腰，那样罗刹可以看见他的头。罗刹用她的蓝钢剑在他的脖子上砍了十到十五次。剑只是从他的脖子上弹开了。她转身，想逃走，但孙悟空说，"嫂嫂，你要去哪里？你忘了你的承诺[21]了吗？试试我的棒！"他把小小的金箍棒从他的耳朵里拿出来，轻声说，"变。"它变成了原来的大小、像饭碗一样粗的一根棒。他想要攻击罗刹，但是她用她的剑挡住了他的攻击。很快，他们就打了起来，完全忘记了他们间的友好。

罗刹是个技术很好的战士，孙悟空不能很容易地打败她。他们战斗了几个小时，一点都没有

---

[20] 忍受　　rěnshòu – to endure, to tolerate
[21] 承诺　　chéngnuò – to promise

gǎnjué dào tàiyáng yǐjīng xiàshān le. Luóshā kāishǐ gǎndào lèi le. Tā diū xià yì bǎ jiàn, huīdòngzhe tā de shànzi. Yì gǔ qiángdà de lěng kōngqì chuī xiàng hóu wáng. Tā bèi tuī dé hěn yuǎn, jiù xiàng fēng zhōng de yípiàn yèzi. Luóshā huí dào tā de shāndòng, guānshàng le mén.

Sūn Wùkōng bèi fēng chuī le yíyè. Dào le zǎoshàng, tā zhōngyú nénggòu zài yígè shāndǐng shàng zhuā zhù, bú dòng le. Tā xiūxi le jǐ fēnzhōng. Ránhòu, tā zhàn qǐlái, kàn le sìzhōu. Tā kàndào tā zài Xiǎo Xūmí Shān shàng. Tā xiǎng, "Wǒ zhīdào zhège dìfāng. Jǐ nián qián, wǒ zài zhè zuò shān shàng hé Huáng Fēng móguǐ zhàndòu. Nà shí, Língjí púsà bāng le wǒ. Wǒ yīnggāi zhǎodào tā, kàn kàn tā shì búshì néng bāngzhù wǒmen."

Tā xiàshān, zǒuxiàng yí zuò xiǎo sìmiào. Yí wèi sìmiào gōngrén kànjiàn le tā. Gōngrén zǒu jìnqù, gàosù púsà, "Nà máo liǎn de húsūn yòu lái jiàn nǐ le."

Língjí xiàng Sūn Wùkōng wènhǎo, shuō, "Wùkōng, hěn gāoxìng zàicì jiàndào nǐ. Nǐ de shīfu yǐjīng zǒu wán tā de lǚtú le ma?"

感觉到太阳已经下山了。罗刹开始感到累了。她丢下一把剑，挥动着她的扇子。一股强大的冷空气吹向猴王。他被推得很远，就像风中的一片叶子。罗刹回到她的山洞，关上了门。

孙悟空被风吹了一夜。到了早上，他终于能够在一个山顶上抓住，不动了。他休息了几分钟。然后，他站起来，看了四周。他看到他在小须弥山上。他想，"我知道这个地方。几年前，我在这座山上和黄风魔鬼战斗[22]。那时，灵吉菩萨帮了我。我应该找到她，看看她是不是能帮助我们。"

他下山，走向一座小寺庙。一位寺庙工人看见了他。工人走进去，告诉菩萨，"那毛脸的猢狲又来见你了。"

灵吉向孙悟空问好，说，"悟空，很高兴再次见到你。你的师父已经走完他的旅途了吗？"

---

[22] This story is told in *The Hungry Pig.*

"Méiyǒu. Zìcóng nǐ bāngzhù wǒmen dǎbài le Huáng Fēng móguǐ de zhèxiē nián lái, wǒmen fānguò le xǔduō shān, zǒuguò le xǔduō lù, dǎguò xǔduō yāoguài. Xiànzài wǒmen de lù bèi Huǒyàn Shān dǎngzhù le. Yǒu yì bǎ shànzi kěyǐ bǎ huǒ miè le, dàn shànzi de zhǔrén bú huì bǎ tā gěi wǒmen. Tā shì wǒ lǎo péngyǒu Niú Mó Wáng de qīzi. Dàn tā duì wǒ fēicháng shēngqì, yīnwèi wǒ bāng tā bǎ tā de érzi jièshào gěi le Guānyīn púsà. Zhège nánhái xiànzài shì Guānyīn de túdì. Tā kāishǐ hé wǒ dǎ, ránhòu tā huīdòng tā de shànzi, bǎ wǒ yílù chuī dào zhèlǐ."

"Wǒ rènshí tā, wǒ yě zhīdào nà bǎ shànzi. Tā shì yóu tiāndì zài hěnduō nián qián zào chūlái de, zài hùndùn de dì yī cì fēnkāi. Tā kěyǐ miè suǒyǒu de huǒ. Rúguǒ rén bèi tā shàn dào, tāmen kěyǐ piàoguò bā wàn sìqiān lǐ. Nǐ fēicháng qiángdà, suǒyǐ tā zhǐ bǎ nǐ chuī le wǔ wàn lǐ."

"Shénqí de shànzi!" Sūn Wùkōng chījīng de hǎn dào. "Wǒ shīfu zěnme néng bì kāi zhè?"

"没有。自从你帮助我们打败了<u>黄风</u>魔鬼的这些年来，我们翻过了许多山，走过了许多路，打过许多妖怪。现在我们的路被<u>火焰</u>山挡住了。有一把扇子可以把火灭了，但扇子的主人不会把它给我们。她是我老朋友<u>牛魔王</u>的妻子。但她对我非常生气，因为我帮她把她的儿子介绍给了<u>观音</u>菩萨。这个男孩现在是<u>观音</u>的徒弟。她开始和我打，然后她挥动她的扇子，把我一路吹到这里。"

"我认识她，我也知道那把扇子。它是<u>由</u>[23]天地在很多年前造出来的，在混沌[24]的第一次分开。它可以灭所有的火。如果人被它扇到，他们可以漂过八万四千里。你非常强大，所以它只把你吹了五万里。"

"神奇的扇子！"<u>孙悟空</u>吃惊的喊道。"我师父怎么能避开这？"

---

[23] 由　　　　yóu – by
[24] 混沌　　　hùndùn – primal chaos at the beginning of the universe

"Nǐ kěyǐ fàngxīn. Xǔduō nián qián, fózǔ tā zìjǐ gěi le wǒ yì kē Dìng Fēng Dān, dàn wǒ cónglái méiyǒu yòngguò tā. Wǒ huì bǎ tā gěi nǐ. Nǐ kěyǐ yòng tā bǎ shànzi ná lái, qù mièhuǒ, bāngzhù nǐ de shīfu." Tā cóng tā de xiùzi lǐ ná chū yígè xiǎo sī dài. Dàizi lǐ shì Dìng Fēng Dān. Tā bǎ sī dài féng zài Sūn Wùkōng de chènshān shàng. Tā shuō, "Wǒmen méiyǒu shíjiān hē chá le. Xiànzài jiù zǒu ba!"

Hóu wáng yòng tā de jīndǒu yún, hěn kuài de huí dào le Cuì Yún Shān. Tā yòng bàng dǎ mén, hǎn dào, "Kāimén! Lǎo hóuzi xiǎng jiè nǐ de shànzi!"

Luóshā duì Sūn Wùkōng zhème kuài jiù huílái le gǎndào chījīng. Tā yǒudiǎn dānxīn. Dàn tā zàicì chuān shàng kuījiǎ, zǒuchū shāndòng qù jiàn tā. Tā shuō, "Suǒyǐ, nǐ yòu zài zhǎosǐ ma?"

"Qīn'ài de sǎosao, qǐng bǎ nǐ de shànzi jiè gěi wǒ. Wǒ shì ge zhēn jūnzǐ. Wǒ yídìng huì huán wǒ jiè de dōngxi!"

"你可以放心。许多年前，佛祖他自己给了我一颗定风丹，但我从来没有用过它。我会把它给你。你可以用它把扇子拿来，去灭火，帮助你的师父。"她从她的袖子里拿出一个小丝袋。袋子里是定风丹。她把丝袋缝[25]在孙悟空的衬衫上。她说，"我们没有时间喝茶了。现在就走吧！"

猴王用他的筋斗云，很快地回到了翠云山。他用棒打门，喊道，"开门！老猴子想借你的扇子！"

罗刹对孙悟空这么快就回来了感到吃惊。她有点担心。但她再次穿上盔甲，走出山洞去见他。她说，"所以，你又在找死吗？"

"亲爱的嫂嫂，请把你的扇子借给我。我是个真君子[26]。我一定会还我借的东西！"

---

25 缝　　　　féng – to sew
26 君子　　　jūnzǐ – gentleman

"Shì shì zhè ge lǎo fù de jiàn!" Tā hǎnzhe, yòng tā de liǎng bǎ lán gāng jiàn gōngjī tā. Sūn Wùkōng hěn róngyì de dǎ tuì le tā, kāishǐ yòng tā de bàng dǎ tā. Tā diū xià yì bǎ jiàn, zhuā qǐ tā de shànzi, duìzhe tā shàn. Shénme dōu méiyǒu fāshēng.

Sūn Wùkōng xiàozhe duì tā shuō, "Zhè cì hé shàng cì bù yíyàng le. Nǐ yào zěnme shàn jiù zěnme shàn ba. Wǒ nǎ'er yě bú huì qù." Luóshā zhuǎnguò shēn, pǎo huí shāndòng, suǒ shàng le tā shēnhòu de mén.

Sūn Wùkōng bǎ sī dài cóng chènshān shàng ná xiàlái, bǎ shénqí de dān yào fàng jìn zuǐ lǐ. Ránhòu tā biàn chéng le yì zhī xiǎo xīshuài. Tā cóng ménxià pá jìn le shāndòng. Luóshā zuò zài yǐzi shàng, hēzhe yìbēi rè chá. Zài tā méiyǒu kàn de shíhòu, tā tiào jìn le chábēi lǐ. Tā zhāng kāi zuǐ hē chá. Sūn Wùkōng tiào jìn tā de zuǐ lǐ, jìn dào tā de dùzi lǐ. Ránhòu, tā hǎn dào, "Sǎosao, bǎ nǐ de shànzi jiè gěi wǒ!"

Luóshā gǎndào hěn kùnhuò. Tā wèn tā de nǚ pú rén, "Nǐ suǒ mén le ma?" Tāmen gàosù tā, tāmen suǒ le. "Nǐ zài nǎlǐ?" tā hǎn dào.

"试试这个老妇的剑！"她喊着，用她的两把蓝钢剑攻击他。孙悟空很容易地打退了她，开始用他的棒打她。她丢下一把剑，抓起她的扇子，对着他扇。什么都没有发生。

孙悟空笑着对她说，"这次和上次不一样了。你要怎么扇就怎么扇吧。我哪儿也不会去。"罗刹转过身，跑回山洞，锁上了她身后的门。

孙悟空把丝袋从衬衫上拿下来，把神奇的丹药放进嘴里。然后他变成了一只小蟋蟀。他从门下爬进了山洞。罗刹坐在椅子上，喝着一杯热茶。在她没有看的时候，他跳进了茶杯里。她张开嘴喝茶。孙悟空跳进她的嘴里，进到她的肚子里。然后，他喊道，"嫂嫂，把你的扇子借给我！"

罗刹感到很困惑。她问她的女仆人，"你锁门了吗？"她们告诉她，她们锁了。"你在哪里？"她喊道。

"Wǒ zhǐshì zài wǒ qīn'ài de sǎosao de dùzi lǐ, wán dé yǒudiǎn kāixīn. Zhè zhǒng gǎnjué zěnme yàng?"

Tā bǎ tā de jiǎo wǎng xià cǎi le yíxià, ràng tā gǎndào xiǎo dùzi jù tòng. Tā dǎo zài dìshàng, tòngkǔ de kūzhe. Ránhòu, tā tūrán tái qǐ tóu, ràng tā de xīn gǎndào jù tòng. Tā zài dìshàng dǎgǔn, téngtòng ràng tā de liǎn biàn dé hěn huáng. Tā dàshēng hǎn dào, "Qiú nǐ le, shūshu, búyào shā wǒ!"

"A, suǒyǐ xiànzài wǒ shì nǐ de shūshu le? Hěn hǎo. Gěi wǒ shànzi."

"Wǒ gěi nǐ. Kuài cóng wǒ de dùzi lǐ chūlái."

"Bù, wǒ yào xiān kàndào tā. Wǒ huì hǎohǎo duì nǐ, bú huì zài nǐ de dùzi shàng nòng ge dòng. Zhāng kāi nǐ de zuǐ, wǒ huì chūlái de." Tā zhāng kāi zuǐ. Yì zhī xiǎo xīshuài cóng tā de zuǐ lǐ fēi le chūlái, dàn tā méiyǒu kàndào. Tā jìxù zhāngzhe zuǐ, děngzhe Sūn Wùkōng chūlái. Sūn Wùkōng biàn huí le tā hóuzi de yàngzi, ná

"我只是在我亲爱的嫂嫂的肚子里，玩得有点开心。这种感觉怎么样？"

他把他的脚往下踩[27]了一下，让她感到小肚子巨痛。她倒在地上，痛苦地哭着。然后，他突然抬起头，让她的心感到巨痛。她在地上打滚，疼痛让她的脸变得很黄。她大声喊道，"求你了，叔叔，不要杀我！"

"啊，所以现在我是你的叔叔了？很好。给我扇子。"

"我给你。快从我的肚子里出来。"

"不，我要先看到它。我会好好对你，不会在你的肚子上弄个洞。张开你的嘴，我会出来的。"她张开嘴。一只小蟋蟀从她的嘴里飞了出来，但她没有看到。她继续张着嘴，等着<u>孙悟空</u>出来。<u>孙悟空</u>变回了他猴子的样子，拿

---

[27] 踩　　　　　cǎi – to step on, to stomp on

qǐ shànzi, xiè le tā, zǒuchū le shāndòng.

Tā huí dào Tángsēng hé qítā de túdì nàlǐ, gàosù tāmen, tā
shì zěnme nádào shànzi de gùshì. Ránhòu, yóurénmen
gǎnxiè le lǎorén, xiàng xī zǒu qù. Tāmen zǒu le sìshí lǐ
zuǒyòu, jiējìn le Huǒyàn Shān. Nàlǐ fēicháng fēicháng de
rè. Shā hé Zhū shuō tāmen de jiǎo cǎi zài huǒ shàng. Jiù
lián báimǎ dōu gǎndào bù shūfú. "Wùkōng, yòng
shànzi!" Tángsēng hǎn dào.

Sūn Wùkōng duìzhe shānshàng huīdòng nà shànzi. Dì yī
shàn hòu, huǒ bǐ yǐqián gèng dà le. Dì èr shàn hòu, huǒ
bǐ yǐqián liàng le yìbǎi bèi. Dì sān shàn hòu, huǒ tiào dào
yí wàn chǐ gāo de kōngzhōng, kāishǐ xiàng tāmen shāo
guòlái. "Pǎo!" Sūn Wùkōng hǎn dào. "Nàge gōngzhǔ piàn
le wǒ!" Tā de tóufà hé yīfú kāishǐ shāo le qǐlái.

Tángsēng de mǎ bèi Tángsēng jǐn jǐn de zhuāzhe, kuài
pǎo le èrshí lǐ. Sān gè túdì jǐn gēn zài hòumiàn. Tángsēng
kūzhe shuō, "Wǒmen yīnggāi zěnme bàn? Wǒmen
yīnggāi zěnme bàn?"

Shā duì Sūn Wùkōng shuō, "Gēge, nǐ zěnme yě bèi huǒ
shāo le? Wǒ yǐwéi huǒ bú huì shānghài nǐ."

起扇子，谢了她，走出了山洞。

他回到唐僧和其他的徒弟那里，告诉他们，他是怎么拿到扇子的故事。然后，游人们感谢了老人，向西走去。他们走了四十里左右，接近了火焰山。那里非常非常的热。沙和猪说他们的脚踩在火上。就连白马都感到不舒服。"悟空，用扇子！"唐僧喊道。

孙悟空对着山上挥动那扇子。第一扇后，火比以前更大了。第二扇后，火比以前亮了一百倍。第三扇后，火跳到一万尺高的空中，开始向他们烧过来。"跑！"孙悟空喊道。"那个公主骗了我！"他的头发和衣服开始烧了起来。

唐僧的马被唐僧紧紧的抓着，快跑了二十里。三个徒弟紧跟在后面。唐僧哭着说，"我们应该怎么办？我们应该怎么办？"

沙对孙悟空说，"哥哥，你怎么也被火烧了？我以为火不会伤害你。"

"Wǒ méiyǒu duì huǒ zuò hǎo zhǔnbèi," tā huídá. "Wǒ
méiyǒu shíjiān zuò bì huǒ shǒushì." Tā zhuǎnxiàng
Tángsēng, shuō, "Shīfu, wǒmen shì búshì kěyǐ wǎng běi,
bì kāi zhè zuò shān."

"Wǒ bùxiǎng wǎng běi, wǎng nán huò wǎng dōng zǒu,"
Tángsēng shuō. "Jīngshū zài xīfāng, nà jiùshì wǒ yào qù
de dìfāng."

"En, zhè shì ge wèntí," Shā shuō.

"Nǎ lǐ yǒu jīngshū, nǎlǐ jiù yǒu huǒ.
Nǎlǐ méiyǒu huǒ, nǎlǐ jiù méiyǒu jīngshū."

Jiù zài zhè shí, yí wèi lǎorén lái le. Zài tā de jiān shàng, shì
yí gè yīng tóu yú liǎn de móguǐ. "Wǒ shì Huǒyàn Shān de
tǔdì shén," tā shuō. "Luóshā piàn le nǐ, gěi le nǐ yì bǎ jiǎ
shànzi."

"Wǒmen zhīdào," Sūn Wùkōng fènnù de shuō. "Wǒmen
xiànzài néng zuò shénme?"

"我没有对火做好准备，"他回答。"我没有时间做避火手势。"他转向<u>唐僧</u>，说，"师父，我们是不是可以往北，避开这座山。"

"我不想往北、往南或往东走，"<u>唐僧</u>说。"<u>经书</u>[28]在西方，那就是我要去的地方。"

"嗯，这是个问题，"<u>沙</u>说。

> "哪里有经书，哪里就有火。
> 哪里没有火，哪里就没有经书。"

就在这时，一位老人来了。在他的肩上，是一个鹰头鱼脸的魔鬼。"我是<u>火焰</u>山的土地神，"他说。"<u>罗刹</u>骗了你，给了你一把假扇子。"

"我们知道，"<u>孙悟空</u>愤怒地说。"我们现在能做什么？"

---

[28] 经书　　　jīngshū – scripture, holy book

Tǔdì shén xiàozhe shuō,

"Rúguǒ nǐ xiǎng yào zhēn de shànzi,
Nǐ bìxū wèn qiángdà de Niú Mó Wáng."

土地神笑着说，

　　"如果你想要真的扇子，

你必须问强大的牛魔王。"

Dì 60 Zhāng

Sūn Wùkōng shuō, "Nàme, zhè huǒ shì Niú Mó Wáng fàng de ma?"

Tǔdì shén huídá shuō, "Búshì. Qǐng búyào yīnwèi wǒ gàosù nǐ zhèxiē shēng wǒ de qì, dànshì zhè huǒ shì Qí Tiān Dàshèng fàng de. Nà shì nǐ."

Sūn Wùkōng zhāngdà le yǎnjīng, tā shēngqì le. "Nǐ zěnme néng nàme shuō ne? Nǐ rènwéi wǒ shì fànghuǒ de rén ma?"

"Qǐng búyào shēngqì, dà shèng. Nǐ yǐqián jiànguò wǒ yícì, dàn nǐ méiyǒu rèn chū wǒ. Hěnjiǔ yǐqián, nǐ zài tiāngōng zhǎo le hěn dà de máfan. Tàishàng Lǎojūn bǎ nǐ fàng zài yígè huǒpén lǐ sìshíjiǔ tiān. Dāng tā dǎkāi tā shí, nǐ tiào le chūlái, hé tiāngōng lǐ de měi yígè rén dǎ. Nǐ méiyǒu fāxiàn nǐ dǎ fān le nà ge huǒpén. Huǒpén lǐ de liǎng kuài zhuāntóu cóng tiānshàng diào dào dìqiú shàng. Nàxiē zhuāntóu biàn chéng le Huǒyàn Shān. Nà shí wǒ shì sìmiào lǐ de gōngrén. Wǒ de gōngzuò shì zhàogù nà ge huǒpén. Tàishàng Lǎojūn guài wǒ ràng zhuāntóu

第 60 章

孙悟空说，"那么，这火是牛魔王放的吗？"

土地神回答说，"不是。请不要因为我告诉你这些生我的气，但是这火是齐天大圣放的。那是你。"

孙悟空张大了眼睛，他生气了。"你怎么能那么说呢？你认为我是放火的人吗？"

"请不要生气，大圣。你以前见过我一次，但你没有认出我。很久以前，你在天宫找了很大的麻烦[29]。太上老君把你放在一个火盆里四十九天。当他打开它时，你跳了出来，和天宫里的每一个人打。你没有发现你打翻了那个火盆。火盆里的两块砖头从天上掉到地球上。那些砖头变成了火焰山。那时我是寺庙里的工人。我的工作是照顾那个火盆。太上老君怪[30]我让砖头

---

[29] This story is told in *Trouble in Heaven*.
[30] 怪　　　　guài – to blame

diào dào le dìqiú shàng, suǒyǐ tā bǎ wǒ gǎn chū le tiāngōng, bǎ wǒ biàn chéng le shānshàng de tǔdì shén."

"Nàme, wǒ wèishénme yídìng yào qù jiàn Niú Mó Wáng ne?"

"Nǐ zhīdào de, Niú Mó Wáng shì Luóshā de zhàngfu. Jǐ nián qián, tā líkāi le tā, xiànzài zhù zài lí zhèlǐ hěn yuǎn de lìng yí zuò shān shàng de Mó Yún Dòng lǐ. Nà ge dòng yǐqián shì húlí móguǐ de jiā, dàn yí wàn nián hòu, tā sǐ le. Húlí móguǐ yǒu yí gè nǚ'ér jiào Yùmiàn Gōngzhǔ. Zhè ge nǚhái yěshì húlí móguǐ. Tā jìchéng le tā bàba de shāndòng, yě jìchéng le tā de xǔduō cáifù. Liǎng nián qián, tā tīngshuō Niú Mó Wáng yǒu qiángdà de mólì. Tā chéng le tā de nǚ péngyǒu. Tā hé tā zhù zài yìqǐ, liǎng nián lái méiyǒu qù kànguò Luóshā."

Tā jìxù shuō, "Rúguǒ nǐ qù jiàn Niú Mó Wáng, nádào shànzi, nǐ kěyǐ tóngshí zuò sān jiàn hǎoshì. Nǐ kěyǐ bāngzhù nǐ de shīfu jìxù tā de xīyóu. Nǐ kěyǐ bǎ huǒ miè le, bāngzhù zhè ge dì

掉到了地球上，所以他把我赶出了天宫，把我变成了山上的土地神。”

“那么，我为什么一定要去见牛魔王呢？”

“你知道的，牛魔王是罗刹的丈夫。几年前，他离开了她，现在住在离这里很远的另一座山上的摩云洞里。那个洞以前是狐狸魔鬼的家，但一万年后，他死了。狐狸魔鬼有一个女儿叫玉面公主。这个女孩也是狐狸魔鬼[31]。她继承了她爸爸的山洞，也继承了他的许多财富。两年前，她听说牛魔王有强大的魔力。她成了他的女朋友。他和她住在一起，两年来没有去看过罗刹。”

他继续说，“如果你去见牛魔王，拿到扇子，你可以同时做三件好事。你可以帮助你的师父继续他的西游。你可以把火灭了，帮助这个地

---

[31] In Chinese folklore, beautiful fox demons often seduce men and drain them of their energy, killing them. Read *The Love Triangle* to learn more.

fāng de rénmen. Nǐ kěyǐ ràng wǒ huí dào tiāngōng."

Sūn Wùkōng diǎn le diǎn tóu. "Zhè ge Mó Yún Dòng zài nǎlǐ?"

"Zhèlǐ xiàng nán sānqiān lǐ zuǒyòu," tǔdì shén huídá. Sūn Wùkōng ràng Zhū hé Shā zhàogù Tángsēng. Tā ràng tǔdì shén liú zài nàlǐ bǎohù tāmen. Ránhòu, tā tiào dào kōngzhōng, xiàng nán fēi qù.

Hěn kuài, tā jiù lái dào le nà zuò yǒu Mó Yún Dòng de shān. Nà shì yízuò jùdà de shān. Tā de dǐng liánzhe lántiān. Tā bù zhīdào shāndòng zài nǎlǐ, suǒyǐ tā lái dào dìshàng, kāishǐ zài sìzhōu zǒu zǒu. Tā tīngdào yígè shēngyīn, táitóu kàn, kànjiàn yígè niánqīng nǚrén xiàng tā zǒu lái. Tā duǒ zài yì kē shù hòumiàn kànzhe tā. Nǐ wèn tā zhǎng shénme yàngzi?

Tā bùzi hěn màn, hěn xiǎoxīn
Tā de liǎn xiàng Wáng Qiáng
Tā de liǎn xiàng Chǔ guó de nǚhái

方的人们。你可以让我回到天宫。"

孙悟空点了点头。"这个摩云洞在哪里？"

"这里向南三千里左右，"土地神回答。孙悟空让猪和沙照顾唐僧。他让土地神留在那里保护他们。然后，他跳到空中，向南飞去。

很快，他就来到了那座有摩云洞的山。那是一座巨大的山。它的顶连着蓝天。他不知道山洞在哪里，所以他来到地上，开始在四周走走。他听到一个声音，抬头看，看见一个年轻女人向他走来。他躲在一棵树后面看着她。你问她长什么样子？

她步子很慢，很小心
她的脸像王嫱[32]
她的脸像楚国的女孩

---

[32] A brilliant and dazzlingly beautiful girl, a concubine of Emperor Yuan of Han, she volunteered to marry a chieftan of the nomadic Xiongyu tribes to help bring peace to the region. Over 700 songs and poems have been written about her.

Xiàng yì duǒ měilì de huā

Xiàng yí zuò yù diāoxiàng

Tā hēisè de tóufà pán zài tóu shàng

Tā lǜsè de yǎnjīng míngliàng xiàng chíshuǐ

Hóng chún, bái yá

Méimáo guānghuá xiàng Jǐn Hé

Tā bǐ Zhuō Wénjūn hé Xuē Tāo gèng kě'ài

Sūn Wùkōng cóng shù hòu chūlái, wèn tā, "Púsà fūrén, nǐ yào qù nǎlǐ?"

Tā kàndào yì zhī chǒu hóuzi, xià huài le. "Nǐ cóng nǎlǐ lái?" Tā wèn. Sūn Wùkōng xiǎngzhe zěnme huídá tā. Tā děngzhe tā de huídá, ránhòu shēngqì de shuō, "Gàosù wǒ, nǐ shì shuí, nǐ wèishénme gǎn lái wèn wǒ?"

像一朵美丽的花

像一座玉雕像

她黑色的头发盘在头上

她绿色的眼睛明亮像池水

红唇，白牙

眉毛光滑[33]像锦河

她比卓文君[34]和薛涛[35]更可爱

孙悟空从树后出来，问她，"菩萨夫人，你要
去哪里？"

她看到一只丑猴子，吓坏了。"你从哪里
来？"她问。孙悟空想着怎么回答她。她等着
他的回答，然后生气地说，"告诉我，你是
谁，你为什么敢来问我？"

---

[33] 光滑　　　guānghuá – smooth

[34] A poet in the 2nd century BC. As a young widow she eloped with a poet. Later he left her and took a concubine. She wrote him a letter about the inconstancy of male love, which became a famous poem, "White Haired Lament."

[35] A famous poet in the Tang Dynasty. Over 100 of her poems survive to the present day.

Sūn Wùkōng zhōngyú zhǎodào huà shuō le, "Fūrén, wǒ láizì Cuì Yún Shān. Zhè shì wǒ dì yī cì lái dào nǐmen měilì de dìfāng. Wǒ zài zhǎo Mó Yún Dòng. Nǐ néng gàosù wǒ, nǎlǐ kěyǐ zhǎodào tā ma?"

"Nǐ wèishénme yào zhǎo zhè ge dòng?"

"Tiě Shàn Gōngzhǔ ràng wǒ lái zhǎo Niú Mó Wáng, bǎ tā dài huí tā shēnbiān."

Dāngrán, nǚhái jiùshì Yùmiàn Gōngzhǔ. Tā biàn dé hěn fènnù. Tā hǎn dào, "Nà ge hěn zāng de jiàn rén! Wǒ de àirén, Niú Mó Wáng, yǐjīng hé wǒ yìqǐ shēnghuó liǎng nián le. Zài nà duàn shíjiān lǐ, tā gěi tā sòng le hěnduō lǐwù. Tā gěi le tā zhūbǎo, zuànshí hé sīchóu. Tā gěi tā shāohuǒ de mùtou qǔnuǎn, gěi tā mǐ fàn chī. Nà ge nǚrén méiyǒu xiūchǐ! Wèishéme tā yào nǐ bǎ tā dài huí dào tā shēnbiān?"

Sūn Wùkōng zhè cái zhīdào dào nàgè nǚhái shì shéi. Tā xiàng tā huīdòng le

孙悟空终于找到话说了，"夫人，我来自翠云山。这是我第一次来到你们美丽的地方。我在找摩云洞。你能告诉我，哪里可以找到它吗？"

"你为什么要找这个洞？"

"铁扇公主让我来找牛魔王，把他带回她身边。"

当然，女孩就是玉面公主。她变得很愤怒。她喊道，"那个很脏的贱人[36]！我的爱人，牛魔王，已经和我一起生活两年了。在那段时间里，他给她送了很多礼物。他给了她珠宝[37]、钻石和丝绸。他给她烧火的木头取暖，给她米饭吃。那个女人没有羞耻[38]！为什么她要你把他带回到她身边？"

孙悟空这才知道那个女孩是谁。他向她挥动了

---

[36] 贱人　　　jiàn rén – slut
[37] 珠宝　　　zhūbǎo – jewelry
[38] 羞耻　　　xiūchǐ – shame

tā de jīn gū bàng, dà jiào dào, "Nǐ zhè ge biǎo zi! Nǐ yòng nǐ bàba de cáifù mǎi xià le Niú Mó Wáng. Nǐ yīnggāi gǎndào xiūchǐ, búshì wǒ!"

Jiù xiàng tā xīwàng de nàyàng, nǚhái zhuǎnshēn pǎo le, dàizhe tā huí dào le Mó Yún Dòng. Tā pǎo jìnqù, suǒ shàng le mén. Tā pǎo jìn shāndòng de hòumiàn, Niú Mó Wáng zhèng zuò zài nàlǐ de túshūguǎn lǐ kànshū. Tā tiào shàng tiào xià, duìzhe tā hǎn, "Nǐ zhè ge wúchǐ de móguǐ! Wǒ huì ràng nǐ hé wǒ zài yìqǐ, shì yīnwèi wǒ xiǎng yào bǎohù hé zhàogù. Dàn xiànzài nǐ jīhū shā le wǒ! Shāndòng wàimiàn yǒu yì zhī máo hóuzi. Tā gàosù wǒ, nǐ de qīzi yào nǐ huí dào tā shēnbiān. Ránhòu, tā xiàng wǒ huīdòng tā de dà bàng, jīhū shā le wǒ."

Niú Mó Wáng jìng jìng de tīngzhe. Ránhòu tā duì tā shuō, "Piàoliang de fūrén, zhè yídìng shì nòng cuò le. Wǒ qīzi yǐjīng xué dào hěnduō nián le. Tā xiànzài shì yígè xiānrén. Tā jiā méiyǒu nánrén. Tā zěnme huì ràng yígè nánrén huò hóuzi lái zhèlǐ, shuōchū zhèyàng de yāoqiú ne? Nà yídìng shì yígè móguǐ. Wǒ chūqù kàn kàn."

他的金箍棒，大叫道，"你这个婊子！你用你爸爸的财富买下了牛魔王。你应该感到羞耻，不是我！"

就像他希望的那样，女孩转身跑了，带着他回到了摩云洞。她跑进去，锁上了门。她跑进山洞的后面，牛魔王正坐在那里的图书馆里看书。她跳上跳下，对着他喊，"你这个无耻的魔鬼！我会让你和我在一起，是因为我想要保护和照顾。但现在你几乎杀了我！山洞外面有一只毛猴子。他告诉我，你的妻子要你回到她身边。然后，他向我挥动他的大棒，几乎杀了我。"

牛魔王静静地听着。然后他对她说，"漂亮的夫人，这一定是弄错了。我妻子已经学道很多年了。她现在是一个仙人。她家没有男人。她怎么会让一个男人或猴子来这里，说出这样的要求呢？那一定是一个魔鬼。我出去看看。"

Tā chuān shàng kuījiǎ, ná qǐ yì gēn tiě bàng, zǒu dào shāndòng wài, shuō, "Shuí zài wǒjiā zhǎo máfan?"

Sūn Wùkōng shēn shēn de jūgōng, shuō, "Gēge, nǐ bú rènshí wǒ le ma?"

"Wǒ xiǎng wǒ rènshí nǐ. Nǐ búshì Sūn Wùkōng, Qí Tiān Dàshèng ma?"

"Shì de, wǒ shì. Wǒ bìxū shuō, wǒ de lǎo péngyǒu, nǐ kàn qǐlái bǐ yǐqián gèng hǎo le."

"Bié shuō le! Wǒ tīngshuōguò guānyú nǐ de gùshì. Wǒ tīngshuō nǐ zài tiānshàng zhǎo le máfan, bèi guān zài Wǔzhǐ Shān xià wǔbǎi nián. Wǒ tīngshuō nǐ shānghài le wǒ de érzi Hóng Hái'ér. Wǒ zhēnde duì nǐ hěn shēngqì. Nǐ wèishénme zài zhèlǐ?"

Sūn Wùkōng jiǎng le Hóng Hái'ér hé Guānyīn xiāngyù de gùshì, hé xiànzài tā shì zěnme chéngwéi tā de túdì de. Niú Mó Wáng lěngjìng le yìdiǎn, dànshì tā shuō, "Hǎo ba, dàn nǐ wèishéncme xiǎng yào dǎ wǒ de nǚ péngyǒu?"

他穿上盔甲，拿起一根铁棒，走到山洞外，说，"谁在我家找麻烦？"

<u>孙悟空</u>深深地鞠躬，说，"哥哥，你不认识我了吗？"

"我想我认识你。你不是<u>孙悟空</u>，<u>齐天大圣</u>吗？"

"是的，我是。我必须说，我的老朋友，你看起来比以前更好了。"

"别说了！我听说过关于你的故事。我听说你在天上找了麻烦，被关在<u>五指</u>山下五百年。我听说你伤害了我的儿子<u>红孩儿</u>。我真的对你很生气。你为什么在这里？"

<u>孙悟空</u>讲了<u>红孩儿</u>和<u>观音</u>相遇的故事，和现在他是怎么成为她的徒弟的。<u>牛魔</u>王冷静了一点，但是他说，"好吧，但你为什么想要打我的女朋友？"

65

"Guānyú nà ge, wǒ hěn duìbùqǐ. Wǒ xiǎng yào zhǎodào nǐ, wǒ wèn tā, nǐ de dòng zài nǎlǐ. Wǒ bù zhīdào tā shì wǒ de èr sǎosao. Qǐng yuánliàng wǒ, lǎo péngyǒu."

"Hǎo ba, wǒ yuánliàng nǐ. Xiànzài zǒu kāi."

"Wǒ bìxū qǐng nǐ bāngzhù. Wǒ zài bāngzhù Tángsēng qù xītiān. Wǒmen de lù bèi Huǒyàn Shān dǎngzhù le. Nǐ qīzi yǒu yì bǎ mó shàn, kěyǐ bǎ huǒ miè le, zhèyàng wǒmen jiù kěyǐ guò nà zuò shān le. Wǒmen yào jiè nà bǎ shànzi, dàn tā jùjué le. Wǒ xiāngxìn nǐ yǒu nà bǎ mó shàn. Qǐng ràng wǒmen jièyòng tā yíxià. Děng wǒmenguò le shān, wǒ jiù bǎ tā huán gěi nǐ."

"Suǒyǐ, nǐ búshì xiàng péngyǒu yíyàng lái zhèlǐ kàn wǒ. Nǐ shì lái zhèlǐ yào wǒ de dōngxi de. Hǎo ba, zhè shì wǒmen yào zuò de. Wǒmen huì zhàndòu. Rúguǒ nǐ néng dǎ dào sān gè láihuí, nǐ kěyǐ jièyòng shànzi." Zài Sūn Wùkōng shuōhuà qián, Niú Mó Wáng yòng tā de tiě bàng dǎ xiàng hóuzi de tóu.

Sūn Wùkōng zǒu dào yìbiān, bì kāi le nà bàng. Tāmen kāishǐ zhàndòu. Kāishǐ de shíhòu, tāmen zài dìshàng zhàndòu, dàn tāmen hěn

"关于那个，我很对不起。我想要找到你，我问她，你的洞在哪里。我不知道她是我的二嫂嫂。请原谅我，老朋友。"

"好吧，我原谅你。现在走开。"

"我必须请你帮助。我在帮助唐僧去西天。我们的路被火焰山挡住了。你妻子有一把魔扇，可以把火灭了，这样我们就可以过那座山了。我们要借那把扇子，但她拒绝了。我相信你有那把魔扇。请让我们借用它一下。等我们过了山，我就把它还给你。"

"所以，你不是像朋友一样来这里看我。你是来这里要我的东西的。好吧，这是我们要做的。我们会战斗。如果你能打到三个来回，你可以借用扇子。"在孙悟空说话前，牛魔王用他的铁棒打向猴子的头。

孙悟空走到一边，避开了那棒。他们开始战斗。开始的时候，他们在地上战斗，但他们很

kuài jiù dào le kōngzhōng. Tāmen duìmàzhe, wàngjì le tāmen guòqù de yǒuyì. Tāmen dǎ le yì zhěng tiān, dàn méiyǒu rén néng yíng. Jiù zài tàiyáng xiàshān qián, yígè shēngyīn cóng shāndǐng chuán lái, "Niú Mó Wáng, wǒ de zhǔrén yāoqǐng nǐ chī wǎnfàn. Qǐng lái tā jiā xiǎngshòu yàn huì."

Niú Mó Wáng tíngzhǐ le zhàndòu, shuō, "Hóuzi, wǒ xiànzài bìxū zǒu le. Wǒmen děng yīhuǐ'er jìxù." Tā lái dào dìshàng, zǒu jìn tā de shāndòng, duì Yùmiàn Gōngzhǔ shuō, "Qīn'ài de, wǒ bìxū líkāi, qù péngyǒu jiā hējiǔ. Bié chūqù, nà zhī chǒu hóuzi zài wàimiàn." Tā tuō xià kuījiǎ, chuān shàng yí jiàn lǜsè de sīchóu wàiyī. Ránhòu tā jiù zǒu le.

Sūn Wùkōng kàndào Niú Mó Wáng fēi zǒu le. Tā gēnzhe tā dào le lìng yí zuò shān, tā kàndào nà tóu lǎo niú tiào jìn shuǐchí lǐ. Sūn Wùkōng biàn chéng le yì zhī pángxiè, gēnzhe tā tiào le jìnqù. Dào le chí dǐ, tā kàndào le yígè yànhuì dàdiàn. Xǔduō kèrén dōu zài nàlǐ. Tāmen yìbiān chīfàn, yìbiān shuōhuà, yìbiān tīng yú hé qítā de

快就到了空中。他们对骂着，忘记了他们过去的友谊。他们打了一整天，但没有人能赢。就在太阳下山前，一个声音从山顶传来，"牛魔王，我的主人邀请你吃晚饭。请来他家享受宴会。"

牛魔王停止了战斗，说，"猴子，我现在必须走了。我们等一会儿继续。"他来到地上，走进他的山洞，对玉面公主说，"亲爱的，我必须离开，去朋友家喝酒。别出去，那只丑猴子在外面。"他脱下盔甲，穿上一件绿色的丝绸外衣。然后他就走了。

孙悟空看到牛魔王飞走了。他跟着他到了另一座山，他看到那头老牛跳进水池里。孙悟空变成了一只螃蟹[39]，跟着他跳了进去。到了池底，他看到了一个宴会大殿。许多客人都在那里。他们一边吃饭，一边说话，一边听鱼和其他的

---

[39] 螃蟹　　　　pángxiè – crab

shuǐ lǐ shēngwù tánzòuzhe yīnyuè. Niánqīng de nánhái chuī le mù dí.

Niú Mó Wáng zuò zài róngyù zuòwèi shàng. Nǚ lóng shén zuò zài tā de zuǒyòu liǎngbiān. Tā de duìmiàn zuòzhe yìtiáo lǎo lóng. Lǎo lóng shēnbiān yǒu xǔduō érzi, sūnzi, nǚ'ér hé sūnnǚ. Tāmen dōu zài hējiǔ, dàshēng shuōhuà.

Sūn Wùkōng xiàng pángxiè yíyàng héngzhe zǒu dào le fángjiān de zhōngjiān. Lǎo lóng kànjiàn tā, hǎn dào, "Zhuā zhù nà zhī pángxiè!" Lóng de jǐ gè érzi chōng shàng qián, zhuā zhù le tā.

"Ò, búyào shā wǒ, búyào shā wǒ!" Sūn Wùkōng hǎn dào.

"Nǐ cóng nǎlǐ lái, yě pángxiè, nǐ wèishénme zài zhèlǐ? Kuài gàosù wǒ, wǒmen jiù bù shā nǐ."

"Dàwáng, cóng chūshēng qǐ wǒ jiù zhù zài yígè xiǎo shāndòng lǐ, zài hú lǐ zhǎo shíwù. Dàn wǒ cónglái méiyǒu xuéhuì zěnme zhèngcháng de zǒulù. Duìbùqǐ, rúguǒ wǒ zuò le ràng nǐ shēngqì de shì, qǐng yuán

水里生物弹奏着音乐。年轻的男孩吹了木笛[40]。

牛魔王坐在荣誉座位上。女龙神坐在他的左右两边。他的对面坐着一条老龙。老龙身边有许多儿子、孙子、女儿和孙女[41]。他们都在喝酒，大声说话。

孙悟空像螃蟹一样横着走到了房间的中间。老龙看见他，喊道，"抓住那只螃蟹！"龙的几个儿子冲上前，抓住了他。

"哦，不要杀我，不要杀我！"孙悟空喊道。

"你从哪里来，野螃蟹，你为什么在这里？快告诉我，我们就不杀你。"

"大王，从出生起我就住在一个小山洞里，在湖[42]里找食物。但我从来没有学会怎么正常地走路。对不起，如果我做了让你生气的事，请原

---

[40] 笛　　　　dí – flute
[41] 孙女　　　sūnnǚ – granddaughter
[42] 湖　　　　hú – lake

liàng wǒ!"

Lóng de érzi yāoqiú lǎo lóng fàng le pángxiè, lǎo lóng tóngyì le. Sūn Wùkōng xiàng pángxiè yíyàng héngzhe zǒu chū le yànhuì dàdiàn. Tā cóng shuǐchí lǐ yóu le chūlái, biàn huí le tā yuánlái hóuzi de yàngzi. Tā duì tā zìjǐ shuō,"wǒ xiǎng wǒ bù yīnggāi děng Niú Mó Wáng líkāi, tā kěnéng huì zài nàlǐ jǐ tiān. Wǒ yào biàn chéng tā de yàngzi, qù jiàn Luóshā. Wǒ yào shìzhe ràng tā bǎ shànzi gěi wǒ. Zhè ge jìhuà gèng kuài gèng ānquán." Tā biàn chéng le lǎo niú de yàngzi, qízhe tā de jīndǒu yún huí dào Bājiāo Dòng.

Tā qiāo le dòng mén, púrén ràng tā jìnqù. Tā duì Luóshā shuō, "Fūrén, hěnjiǔ bù jiàn le!"

Tā kànzhe tā, yǐwéi tā shì tā de zhàngfū. Tā huídá shuō, "Dàwáng wànfú. Kàn qǐlái tā shì mángzhe hé tā xīn de nǚ péngyǒu wán, bǎ zhè ge kělián de fūrén wàngjì le."

"Duìbùqǐ, qīn'ài de. Wǒ yǒu xǔduō shì yào zuò. Dàn zuìjìn tīngshuō yǐ zhī jiào Sūn Wùkōng de hóuzi lái zhèlǐ zhǎo nǐ yào shànzi. Nǐ bìxū gàosù wǒ, tā shì búshì yòu láiguò. Wǒ yào bǎ tā zhuā

谅我！"

龙的儿子要求老龙放了螃蟹，老龙同意了。孙悟空像螃蟹一样横着走出了宴会大殿。他从水池里游了出来，变回了他原来猴子的样子。他对他自己说，"我想我不应该等牛魔王离开，他可能会在那里几天。我要变成他的样子，去见罗刹。我要试着让她把扇子给我。这个计划更快更安全。"他变成了老牛的样子，骑着他的筋斗云回到芭蕉洞。

他敲了洞门，仆人让他进去。他对罗刹说，"夫人，很久不见了！"

她看着他，以为他是她的丈夫。她回答说，"大王万福。看起来他是忙着和他新的女朋友玩，把这个可怜的夫人忘记了。"

"对不起，亲爱的。我有许多事要做。但最近听说一只叫孙悟空的猴子来这里找你要扇子。你必须告诉我，他是不是又来过。我要把他抓

zhù, bǎ tā kǎn chéng xiǎo kuài."

"Ò, zhàngfu, nà zhī hóuzi zuótiān zài zhèlǐ. Tā xiǎng yào jiè shànzi. Wǒ yòng shànzi shàn tā, bǎ tā chuī zǒu le. Dàn hòulái tā dàizhe yì zhǒng mófǎ huílái le, bǎohù tā bú shòudào shànzi de fēng de yǐngxiǎng. Tā jìnrù wǒ de dùzi, ràng wǒ fēicháng tòngkǔ. Ránhòu, tā ná zǒu le wǒ de shànzi, pǎo le."

"Zhè tài kěpà le! Nǐ wèishénme bǎ wǒmen zuì hǎo de bǎobèi gěi tā?"

Luóshā xiàozhe shuō, "Qǐng búyào shēngqì. Wǒ gěi le tā yì bǎ jiǎ shànzi."

"A, zhè hěn hǎo. Zhēnde shànzi zài nǎlǐ?"

"Bié dānxīn, tā hái zài wǒ zhèlǐ. Wǒ qīn'ài de zhàngfu, xiànzài qǐng liú xiàlái hé wǒ yìqǐ chī wǎnfàn." Púrén ná lái le shíwù hé jiǔ. Sūn Wùkōng bù gǎn huài le tā de sùshí guīzé, suǒyǐ zhǐ chī le yìdiǎn shuǐguǒ, hē le yìdiǎn jiǔ.

Luóshā hē le hěnduō jiǔ. Tā kāishǐ duì tā de zhàngfu fēicháng yǒu

住，把他砍成小块。"

"哦，丈夫，那只猴子昨天在这里。他想要借扇子。我用扇子扇他，把他吹走了。但后来他带着一种魔法回来了，保护他不受到扇子的风的影响。他进入我的肚子，让我非常痛苦。然后，他拿走了我的扇子，跑了。"

"这太可怕了！你为什么把我们最好的宝贝给他？"

<u>罗刹</u>笑着说，"请不要生气。我给了他一把假扇子。"

"啊，这很好。真的扇子在哪里？"

"别担心，它还在我这里。我亲爱的丈夫，现在请留下来和我一起吃晚饭。"仆人拿来了食物和酒。<u>孙悟空</u>不敢坏了他的素食规则，所以只吃了一点水果，喝了一点酒。

<u>罗刹</u>喝了很多酒。她开始对她的丈夫非常友

hǎo. Tā zǒu jìn tā, bǎ tuǐ fàng zài tā de tuǐ biān. Tāmen zài tóng yígè bēizi lǐ hējiǔ. Tāmen xiāng sòng shuǐguǒ. Sūn Wùkōng méiyǒu xuǎnzé, zhǐ néng xiào, jiǎzhuāng shì tā de zhàngfu. Luóshā yǐjīng hěn zuì le. Sūn Wùkōng kàn dào zhè shì tā de jīhuì, suǒyǐ tā wèn tā, "Qīn'ài de, nǐ bǎ zhēn de shànzi fàng nǎlǐ le?"

Luóshā zhāng kāi zuǐ, tǔchū yì bǎ xiǎo shànzi. Tā xiàozhe bǎ tā gěi le tā.

Sūn Wùkōng kànzhe tā. "Zhè ge xiǎo dōngxi zěnme néng miè bābǎi lǐ de huǒ?"

Luóshā yáo lái yáo qù, jīhū zuò bù qǐlái. Tā shuō, "Zhàngfu, nǐ guòqù liǎng nián yìzhí zài hé nǐ de xiǎo nǚ péngyǒu wán. Tā yǐngxiǎng le nǐ de tóunǎo, xiànzài nǐ shénme dōu bú jìdé le. Jì zhù, nǐ yòng zuǒshǒu mǔzhǐ pèng dì qī gēn hóng xiàn. Ránhòu nǐ shuō yì shēng mó yǔ, *bì xū hē xī xī chuī hū*. Shànzi jiù huì zhǎng dào

好。她走近他，把腿放在他的腿边。他们在同一个杯子里喝酒。他们相送水果。孙悟空没有选择[43]，只能笑，假装是她的丈夫。罗刹已经很醉了。孙悟空看到这是他的机会，所以他问她，"亲爱的，你把真的扇子放哪里了？"

罗刹张开嘴，吐出一把小扇子。她笑着把它给了他。

孙悟空看着它。"这个小东西怎么能灭八百里的火？"

罗刹摇来摇去，几乎坐不起来。她说，"丈夫，你过去两年一直在和你的小女朋友玩。它影响了你的头脑，现在你什么都不记得了。记住，你用左手拇指[44]碰第七根红线。然后你说一声魔语，*苾嘘呵吸嘻吹呼*[45]。扇子就会长到

---

[43] 选择　　　xuǎnzé – to select
[44] 拇指　　　mǔzhǐ – thumb
[45] These words all are related to the act of expelling breath, which is part of Daoist practice of alchemy. It is said that only those who have perfected the Way (Dao) can utilize the power of these words.

shí'èr chǐ cháng, tā jiù néng hěn róngyì de bǎ Huǒyàn Shān de huǒ miè le."

Sūn Wùkōng náguò xiǎo shànzi, fàng jìn tā de zuǐ lǐ, biàn huí dào tā yuánlái hóuzi de yàngzi. "Luóshā, hǎohǎo kàn kàn wǒ. Wǒ shì nǐ qīn'ài de zhàngfu ma?" Tā dǎo zài dìshàng, yòu tī yòu kū. Tā líkāi le shāndòng. Tā tiào dào kōngzhōng, mǎshàng zhào Luóshā gàosù tā de qù zuò. Tā yòng mǔzhǐ pèng le dì qī gēn hóng xiàn, niàn le mó yǔ. Shànzi mǎshàng zhǎng dào shí'èr chǐ cháng. "Wǒ xīwàng wǒ xué le ràng tā zàicì biàn xiǎo de mó yǔ!" tā xiǎng.

Zhè ge shíhòu, zài chí dǐ xia, Niú Mó Wáng hé tā de péngyǒu chī wán le, hē wán le. Tā qǐshēn zhǔnbèi líkāi. "Nà zhī zǎo xiē shíhòu zài zhèlǐ de pángxiè zài nǎlǐ?" Tā wèn. Méi rén zhīdào pángxiè zài nǎlǐ. "Ò, xiànzài wǒ míngbái le. Zài wǒ cānjiā zhè ge yànhuì zhīqián, wǒ hé hóu wáng zài zhàndòu. Tā hěn cōngmíng, jìshù yě hěn hǎo. Wǒ xiǎng tā biàn chéng le pángxiè de yàngzi, lái kàn kàn wǒ zài zuò shénme. Wǒ bù zhīdào tā huì bú huì qù jiàn wǒ de qīzi, piàn tā bǎ mó shàn gěi tā."

十二尺长，它就能很容易地把<u>火焰</u>山的火灭了。”

<u>孙悟空</u>拿过小扇子，放进他的嘴里，变回到他原来猴子的样子。“<u>罗刹</u>，好好看看我。我是你亲爱的丈夫吗？”她倒在地上，又踢又哭。他离开了山洞。他跳到空中，马上照<u>罗刹</u>告诉他的去做。他用拇指碰了第七根红线，念了魔语。扇子马上长到十二尺长。“我希望我学了让它再次变小的魔语！”他想。

这个时候，在池底下，<u>牛魔</u>王和他的朋友吃完了，喝完了。他起身准备离开。“那只早些时候在这里的螃蟹在哪里？”他问。没人知道螃蟹在哪里。“哦，现在我明白了。在我参加这个宴会之前，我和猴王在战斗。他很聪明，技术也很好。我想他变成了螃蟹的样子，来看看我在做什么。我不知道他会不会去见我的妻子，骗她把魔扇给他。”

Tā tiàochū shuǐchí, yòng yì duǒ huángyún fēi dào le
Bājiāo Dòng. Tā zǒu jìn shāndòng, fāxiàn tā de qīzi zài
kūzhe, dǎzhe tā zìjǐ de xiōng. "Sūn Wùkōng zài nǎlǐ?" Niú
Mó Wáng wèn.

Luóshā yòng tā de quántóu dǎ zài tā de xiōng shàng, hǎn
dào, "Nǐ zhè ge bèn rén. Nǐ zěnme néng ràng nà zhī hóuzi
biàn chéng nǐ de yàngzi lái piàn wǒ?"

"Tā zài nǎlǐ?" Niú Mó Wáng yòu wèn le yíbiàn.

"Tā názǒu le wǒmen de bǎobèi, biàn huí dào tā yuánlái
hóuzi de yàngzi, fēi zǒu le. Ò, wǒ shēngqì dé yào sǐ le."

"Fūrén, zhàogù hǎo zìjǐ, búyào dānxīn nà zhī hóuzi. Wǒ
huì dǎ suì tā de měi yì gēn gǔtou." Ránhòu, tā hǎn dào,
"Bǎ wǒ de kuījiǎ hé wǔqì ná gěi wǒ!"

Yígè nǚ púrén shuō, "Xiānshēng, nǐ yǐjīng bú zhù zài zhèlǐ
le. Nǐ de kuījiǎ hé wǔqì dōu búzài zhèlǐ." Niú Mó Wáng
fènnù de tuō xià sīchóu wàiyī, bǎ tā rēng zài dìshàng. Tā
bǎ yāodài jǐn jǐn de bǎng zài lǐmiàn de yīfú shàng, ná qǐ le
tā qīzi de liǎng bǎ lán gāng jiàn, zǒuchū shāndòng, qù
zhǎo Sūn Wùkōng.

他跳出水池，用一朵黄云飞到了芭蕉洞。他走进山洞，发现他的妻子在哭着，打着她自己的胸。"孙悟空在哪里？"牛魔王问。

罗刹用她的拳头打在他的胸上，喊道，"你这个笨人。你怎么能让那只猴子变成你的样子来骗我？"

"他在哪里？"牛魔王又问了一遍。

"他拿走了我们的宝贝，变回到他原来猴子的样子，飞走了。哦，我生气得要死了。"

"夫人，照顾好自己，不要担心那只猴子。我会打碎他的每一根骨头。"然后，他喊道，"把我的盔甲和武器拿给我！"

一个女仆人说，"先生，你已经不住在这里了。你的盔甲和武器都不在这里。"牛魔王愤怒的脱下丝绸外衣，把它扔在地上。他把腰带紧紧地绑在里面的衣服上，拿起了他妻子的两把蓝钢剑，走出山洞，去找孙悟空。

Dì 61 Zhāng

Niú Mó Wáng kàndào Sūn Wùkōng zǒu zài lùshàng, Bājiāo Shàn fàng zài tā de jiān shàng, chàngzhe kuàilè de gē. Niú Mó Wáng duì tā zìjǐ shuō, "Zhè zhī hóuzi hěn cōngmíng. Tā cóng wǒ qīzi nàlǐ názǒu le shànzi, tā yě zhīdào zěnme yòng tā. Rúguǒ wǒ zhǐshì xiàng tā yào shànzi, tā huì shuō bù. Tā hái kěnéng xiàng wǒ huīdòng nà shànzi. Nà huì bǎ wǒ sòng dé hěn yuǎn. Wǒ xūyào jǐ tiān de shíjiān cáinéng huílái." Tā yòu xiǎngdào gèng duō. "Wǒ tīngshuō tā hé lìngwài liǎng gè túdì yìqǐ xíngzǒu, yí gè zhū rén hé yí gè liúshā jīng. Wǒ yào biàn chéng zhū rén de yàngzi, bǎ wǒ de shànzi ná huílái."

Sūn Wùkōng gǎndào fēicháng de gāoxìng. Tā piàn le Luóshā, ràng tā gěi le tā shànzi hé zěnme yòng tā de fāngfǎ. Suǒyǐ, dāng tā zài lùshàng kàndào Zhū Bājiè shí, tā dōu méiyǒu xiǎngdào zhè kěnéng shì ge piànshù. Tā duì Zhū shuō, "Xiōngdì, nǐ yào qù nǎlǐ?"

Niú Mó Wáng huídá shuō, "Yīnwèi nǐ méiyǒu huílái, shīfu hěn dānxīn. Tā ràng wǒ zhǎo nǐ."

"Wǒ jiù zài zhèlǐ, zhèlǐ shì shànzi! Wǒ kàndào Niú Mó Wáng zài

第 61 章

牛魔王看到孙悟空走在路上，芭蕉扇放在他的肩上，唱着快乐的歌。牛魔王对他自己说，"这只猴子很聪明。他从我妻子那里拿走了扇子，他也知道怎么用它。如果我只是向他要扇子，他会说不。他还可能向我挥动那扇子。那会把我送得很远。我需要几天的时间才能回来。"他又想到更多。"我听说他和另外两个徒弟一起行走，一个猪人和一个流沙精。我要变成猪人的样子，把我的扇子拿回来。"

孙悟空感到非常的高兴。他骗了罗刹，让她给了他扇子和怎么用它的方法。所以，当他在路上看到猪八戒时，他都没有想到这可能是个骗术。他对猪说，"兄弟，你要去哪里？"

牛魔王回答说，"因为你没有回来，师父很担心。他让我找你。"

"我就在这里，这里是扇子！我看到牛魔王在

shuǐ xià hé tā de péngyǒu hējiǔ shuōhuà. Suǒyǐ wǒ qù jiàn Luóshā, jiǎzhuāng shì tā de zhàngfu. Tā jiàndào wǒ hěn gāoxìng. Tā hē le hěnduō jiǔ, hē zuì le, gàosù le wǒ zěnme yòng tā."

"Tài hǎo le. Nǐ kàn qǐlái hěn lèi. Wǒ bāng nǐ ná shànzi."

Sūn Wùkōng juédé zhè méiyǒu wèntí, suǒyǐ tā bǎ shànzi gěi le Niú Mó Wáng. Niú Mó Wáng mǎshàng biàn huí dào tā de zhēn de yàngzi, hǎn dào, "Wúchǐ de húsūn, nǐ xiànzài rènchū wǒ le ma?"

Sūn Wùkōng màn man de yáozhe tā de tóu, shuō, "Ò, zhè shì wǒ de cuò. Wǒ dǎ yě é yǐjīng hěnduō nián le, jīntiān yì zhī xiǎo é piàn le wǒ." Ránhòu, tā cóng ěrduǒ lǐ ná chū tā de xiǎo xiǎo de jīn gū bàng, qīngshēng shuō, "biàn," bǎ jùdà de bàng yònglì dǎ xiàng Niú Mó Wáng de tóu. Niú Mó Wáng duǒ dào yìbiān, bì kāi le gōngjī. Ránhòu tā xiàng Sūn Wùkōng huīdòng shànzi. Dàn Dìng Fēng Dān hái zài Sūn Wùkōng zuǐ lǐ, suǒyǐ shànzi bùnéng dòng tā.

Niú Mó Wáng jiàn le, xià huài le. Tā bǎ shànzi biàn dé fēicháng xiǎo, fàng jìn tā zìjǐ de zuǐ lǐ, ránhòu ná le tā de liǎng bǎ lán gāng jiàn, kāishǐ xiàng Sūn Wùkōng kǎn qù. Èr wáng xiàng liǎng tiáo lóng yíyàng zhàn

水下和他的朋友喝酒说话。所以我去见罗刹，假装是她的丈夫。她见到我很高兴。她喝了很多酒，喝醉了，告诉了我怎么用它。"

"太好了。你看起来很累。我帮你拿扇子。"

孙悟空觉得这没有问题，所以他把扇子给了生魔王。牛魔王马上变回到他的真的样子，喊道，"无耻的猢狲，你现在认出我了吗？"

孙悟空慢慢地摇着他的头，说，"哦，这是我的错。我打野鹅已经很多年了，今天一只小鹅骗了我。"然后，他从耳朵里拿出他的小小的金箍棒，轻声说，"变，"把巨大的棒用力打向牛魔王的头。牛魔王躲到一边，避开了攻击。然后他向孙悟空挥动扇子。但定风丹还在孙悟空嘴里，所以扇子不能动他。

牛魔王见了，吓坏了。他把扇子变得非常小，放进他自己的嘴里，然后拿了他的两把蓝钢剑，开始向孙悟空砍去。二王像两条龙一样战

dòu zài yìqǐ. Shítou, tǔ hé huī fēi xiàng kōngzhōng, xià huài le guǐguài hé shén. Dāng tāmen dǎ de shíhòu, tāmen duìmàzhe. Yí gè yòng tā de bàng, lìng yí gè yòng tā de jiàn, dànshì tāmen de jìshù xiāngtóng, méiyǒu rén néng yíng. Tāmen zhàndòu le jǐ gè xiǎoshí.

Dāng èr wáng zhàndòu de shíhòu, Tángsēng zhèng zuò zài lù biān. Tā yòu rè, yòu è, yòu kě, yòu lèi. "Nà ge túdì zài nǎlǐ?" Tā wèn Zhū hé Shā. "Nǐmen zhōng de yígè rén yīnggāi qù kàn kàn tā zài nǎlǐ. Tā kěnéng xūyào yìxiē bāngzhù."

"Wǒ qù," Zhū shuō, "dàn wǒ bù zhīdào zěnme qù Mó Yún Dòng."

"Zhè ge kělián de shén zhīdào qù de lù," tǔdì shén shuō. "Rúguǒ liúshā jīng kěyǐ liú xiàlái, bǎohù shèng sēng, wǒ kěyǐ hé zhū rén yìqǐ qù." Liúshā jīng Shā tóngyì le. Zhū ná qǐ tā de bàzi. Tā hé tǔdì shén fēi shàng yúnwù zhōng, xiàng dōng fēi xiàng Mó Yún Dòng.

Tāmen dào de shíhòu, kàndào Sūn Wùkōng zài mángzhe hé Niú Mó Wáng de zhàndòu. "Xiōngdì, wǒ zài zhèlǐ!" Zhū hǎn dào.

斗在一起。石头、土和灰飞向空中，吓坏了鬼怪和神。当他们打的时候，他们对骂着。一个用他的棒，另一个用他的剑，但是他们的技术相同，没有人能赢。他们战斗了几个小时。

当二王战斗的时候，唐僧正坐在路边。他又热，又饿，又渴，又累。"那个徒弟在哪里？"他问猪和沙。"你们中的一个人应该去看看他在哪里。他可能需要一些帮助。"

"我去，"猪说，"但我不知道怎么去摩云洞。"

"这个可怜的神知道去的路，"土地神说。"如果流沙精可以留下来，保护圣僧，我可以和猪人一起去。"流沙精沙同意了。猪拿起他的耙子。他和土地神飞上云雾中，向东飞向摩云洞。

他们到的时候，看到孙悟空在忙着和牛魔王的战斗。"兄弟，我在这里！"猪喊道。

"Nà zhēn de shì nǐ ma?" Sūn Wùkōng hǎn dào. "Nǐ jīntiān yǐjīng piànguò wǒ yícì le."

"Nǐ zhè shì shénme yìsi?"

"Jīntiān zǎo xiē shíhòu, wǒ kànjiàn nǐ zài lùshàng xiàng wǒ zǒu lái. Nǐ xiǎng názhe shànzi, suǒyǐ wǒ bǎ tā gěi le nǐ. Dàn hòulái nǐ biàn chéng le nà ge wúchǐ de Niú Mó Wáng. Cóng nà shí qǐ, wǒ yìzhí zài hé tā zhàndòu."

Zhū hěn shēngqì. Tā duìzhe Niú Mó Wáng hǎn dào, "Nǐ zěnme gǎn biàn chéng wǒ de yàngzi, zài wǒ hé wǒ gēge zhōngjiān zàochéng máfan! Shì shì wǒ de bàzi!" Tā gōngjī le Niú Mó Wáng.

Niú Mó Wáng yì zhěng tiān zài hé Sūn Wùkōng zhàndòu, yǐjīng hěn lèi le. Tā zhuǎnshēn jiù pǎo. Dàn tā kàndào tǔdì shén hé yìqún guǐ shìbīng dǎngzhù le tā de lù.

Tǔdì shén shuō, "Niú Mó Wáng, nǐ xiànzài bìxū tíng xiàlái. Tiānshàng de měi yí wèi shén dōu huì bāngzhù Tángsēng wánchéng tā de xīyóu. Tiānshàng, rénjiān, dìyù lǐ de měi gè rén dōu zhīdào tā de lǚtú. Mǎshàng yòng nǐ de shànzi miè le zhè zuò shān shàng de huǒ, ràng héshang kě

"那真的是你吗？"孙悟空喊道。"你今天已经骗过我一次了。"

"你这是什么意思？"

"今天早些时候，我看见你在路上向我走来。你想拿着扇子，所以我把它给了你。但后来你变成了那个无耻的牛魔王。从那时起，我一直在和他战斗。"

猪很生气。他对着牛魔王喊道，"你怎么敢变成我的样子，在我和我哥哥中间造成麻烦！试试我的耙子！"他攻击了牛魔王。

牛魔王一整天在和孙悟空战斗，已经很累了。他转身就跑。但他看到土地神和一群鬼士兵挡住了他的路。

土地神说，"牛魔王，你现在必须停下来。天上的每一位神都会帮助唐僧完成他的西游。天上、人间、地狱里的每个人都知道他的旅途。马上用你的扇子灭了这座山上的火，让和尚可

yǐ jìxù tā de lǚtú. Rúguǒ nǐ bú zhèyàng zuò, tiānshàng de měi gè rén dōu huì hé nǐ zhàndòu, nǐ yídìng huì sǐ."

Niú Mó Wáng huídá shuō, "Tǔdì shén, tīng wǒ shuō. Zhè zhī hóuzi tōu le wǒ de shànzi, xiūrǔ le wǒ de nǚ péngyǒu, piàn le wǒ de qīzi, bǎ wǒ de érzi cóng wǒ shēnbiān dài zǒu. Wǒ duì tā fēicháng shēngqì, wǒ xīwàng wǒ néng chī diào tā, ràng tā jīngguò wǒ de dùzi, cóng wǒ de pìgu lǐ chūlái, ránhòu bǎ tā wèi wǒ de gǒu! Wǒ zěnme néng bǎ wǒ de bǎobèi gěi tā?"

Niú Mó Wáng hé Sūn Wùkōng, Zhū, tǔdì shén, jǐ bǎi míng guǐ shìbīng jìxù zhàndòuzhe. Tāmen zhàndòu le yí gè wǎnshàng, yìzhí zhàndòu dào shēnyè. Yuèliang shàng dào tiānkōng, xīngxīng chūlái le, tāmen hái zài zhàndòu. Dì èr tiān zǎoshàng, tāmen hái zài zhàndòu. Tāmen yuè lái yuè jiējìn Mó Yún Dòng. Dòng lǐ, Yùmiàn Gōngzhǔ tīng dào le zhàndòu de shēngyīn. Tā xiàng shāndòng wài kàn, kànjiàn tā de nán péngyǒu zhèngzài hé yìqún dírén zhàndòu. Hěn kuài, tā jiào le tā suǒyǒu de móguǐ shìwèi jìnrù zhàndòu. Yìbǎi duō rén zhuā qǐ cháng máo hé bàng, pǎo qù bāngzhù Niú Mó Wáng. Tāmen chōng xiàng Zhū, Zhū bèi dǎbài, zhǐ néng tuì

以继续他的旅途。如果你不这样做，天上的每个人都会和你战斗，你一定会死。”

牛魔王回答说，“土地神，听我说。这只猴子偷了我的扇子，羞辱[46]了我的女朋友，骗了我的妻子，把我的儿子从我身边带走。我对他非常生气，我希望我能吃掉他，让他经过我的肚子，从我的屁股里出来，然后把他喂我的狗！我怎么能把我的宝贝给他？”

牛魔王和孙悟空、猪、土地神、几百名鬼士兵继续战斗着。他们战斗了一个晚上，一直战斗到深夜。月亮上到天空，星星出来了，他们还在战斗。第二天早上，他们还在战斗。他们越来越接近摩云洞。洞里，玉面公主听到了战斗的声音。她向山洞外看，看见她的男朋友正在和一群敌人战斗。很快，她叫了她所有的魔鬼侍卫进入战斗。一百多人抓起长矛和棒，跑去帮助牛魔王。他们冲向猪，猪被打败，只能退

---

46 羞辱   xiūrǔ – to insult, to humiliate

le xiàqù. Tāmen chōng xiàng Sūn Wùkōng, Sūn Wùkōng
zhǐ néng yòng tā de jīndǒu yún táopǎo. Tǔdì shén hé guǐ
shìbīng dōu xiàng sì gè fāngxiàng fēi qù. Lǎo niú hé tā de
móguǐ shìwèi dōu fēicháng mǎnyì, huí dào le tāmen de
shāndòng, zài tāmen de shēnhòu suǒ shàng le mén.

Sūn Wùkōng hé Zhū dōu hěn lèi. Tāmen zuò xiàlái
shuōhuà. "Wǒmen zěnyàng cáinéng zhǎodào bāngzhù
shīfu zǒuguò zhè zuò shān de bànfǎ?" Zhū wèn.

Tǔdì shén lái le, shuō, "Zhū xiōngdì, méiyǒu bié de bànfǎ.
Nǐ de shīfu shuō tā bìxū xiàng xī zǒu. Bùxiǎng xiàng běi,
xiàng nán huò xiàng dōng zǒu. Bùguǎn zěnyàng, nǐmen
dōu yídìng yào zǒu zài duì de lùshàng!"

"Shì de!" Sūn Wùkōng huídá. "Wǒmen bìxū dédào
shànzi, bǎ huǒ miè le. Zhǐyǒu zhèyàng, wǒmen cáinéng
jiàn fózǔ."

Zhū tiào le qǐlái, hǎn dào, "Shì de, shì de, shì de!

了下去。他们冲向孙悟空，孙悟空只能用他的
筋斗云逃跑。土地神和鬼士兵都向四个方向飞
去。老牛和他的魔鬼侍卫都非常满意，回到了
他们的山洞，在他们的身后锁上了门。

孙悟空和猪都很累。他们坐下来说话。"我们
怎样才能找到帮助师父走过这座山的办法？"
猪问。

土地神来了，说，"猪兄弟，没有别的办法。
你的师父说他必须向西走。不想向北、向南或
向东走。不管怎样[47]，你们都一定要走在对的路
上！"

"是的！"孙悟空回答。"我们必须得到扇
子，把火灭了。只有这样，我们才能见佛
祖。"

猪跳了起来，喊道，"是的，是的，是的！

---

[47] 不管怎样　bùguǎn zěnyàng – one way or another

Zǒu, zǒu, zǒu! Shuí zàihū lǎo niú shuō shì huò búshì!"

Guǐ shìbīng jiārù le tāmen sān gè. Tāmen chōng xiàng dòng mén, zá suì le tā. Niú Mó Wáng hé tā de móguǐ shìwèi chōng chū shāndòng, zhàndòu yòu kāishǐ le. Hóuzi yòng tā de bàng, Zhū yòng tā de bàzi, lǎo niú yòng tā de jiàn, suǒyǒu de guǐ hé móguǐ dōu yòng tāmen shǒu shàng yǒu de rènhé wǔqì. Kōngqì zhōng mǎn shì wù, fēng hé yǔ. Tāmen cóng zǎochén yìzhí zhàndòu dào zhōngwǔ.

Niú Mó Wáng lèi huài le, zhuǎnguò shēn, xiǎng huí dào tā de dòng. Dàn tǔdì shén dǎngzhù le tā de lù, hǎn dào, "Wǒmen zài zhèlǐ, nǐ bùnéng guòqù!" Méiyǒu dìfāng kěyǐ qù le, lǎo niú diū xià le tā de wǔqì hé kuījiǎ, yáo le yáo tā de shēntǐ, biàn chéng le yì zhī bái tiān'é, fēi xiàng kōngzhōng.

Sūn Wùkōng hǎn dào, "Zhū hé tǔdì shén, huí dào shāndòng lǐ, shā diào suǒyǒu de móguǐ. Wǒ huì zhuī shàng zhè tóu lǎo niú!" Tā fēi zài gāo kōng zhōng, biàn chéng yì zhī dà tūjiù, gōngjī tiān'é. Niú Mó Wáng

走，走，走！谁在乎[48]老牛说是或不是！"

鬼士兵加入了他们三个。他们冲向洞门，砸碎了它。<u>牛魔</u>王和他的魔鬼侍卫冲出山洞，战斗又开始了。猴子用他的棒，猪用他的耙子，老牛用他的剑，所有的鬼和魔鬼都用他们手上有的任何武器。空气中满是雾、风和雨。他们从早晨一直战斗到中午。

<u>牛魔</u>王累坏了，转过身，想回到他的洞。但土地神挡住了他的路，喊道，"我们在这里，你不能过去！"没有地方可以去了，老牛丢下了他的武器和盔甲，摇了摇他的身体，变成了一只白天鹅[49]，飞向空中。

<u>孙悟空</u>喊道，"<u>猪</u>和土地神，回到山洞里，杀掉所有的魔鬼。我会追上这头老牛！"他飞在高空中，变成一只大秃鹫[50]，攻击天鹅。<u>牛魔</u>王

---

[48] 在乎　　　zàihū – to care
[49] 天鹅　　　tiān'é – swan
[50] 秃鹫　　　tūjiù – vulture

biàn chéng le yì zhī yīng, gōngjī tūjiù. Sūn Wùkōng biàn chéng le yì zhī jùdà de hēi fènghuáng, gōngjī yīng.

Lǎo niú bùnéng biàn chéng rènhé qítā de niǎo, yīnwèi fènghuáng shì suǒyǒu niǎo de wáng, méiyǒu niǎo huì gōngjī tā. Suǒyǐ tā lái dǎo dìshàng, biàn chéng le yì zhī lù. Sūn Wùkōng fēi xiàlái, biàn chéng le yì zhī è hǔ, gōngjī lù. Niú Mó Wáng biàn chéng yì zhī dà bàozi, gōngjī lǎohǔ. Sūn Wùkōng cóng lǎohǔ biàn chéng le jīn yǎn shīzi, gōngjī bàozi. Niú Mó Wáng biàn chéng yì zhī xióng. Xióng hé shīzi dǎ le qǐlái, gǔn zài dìshàng. Sūn Wùkōng biàn chéng le yì tóu jùdà de huī xiàng, xiǎng yào cǎi zài xióng de shēnshàng.

Ránhòu Niú Mó Wáng biàn dào tā běnlái de yàngzi. Tā shì yì tóu jùdà de bái niú. Tā de tóu xiàng yí zuò shān, tā de jiǎo xiàng gāo tǎ, tā de yá xiàng cháng cháng de bái jiàn. Tā yìbǎi duō chǐ gāo. "Wúchǐ de húsūn, nǐ xiànzài yào zuò shénme?" Tā jiào dào.

Sūn Wùkōng biàn dào tā zìjǐ de yàngzi, hǎnzhe, "Zhǎng!" Tā biàn dé xiàng shān yíyàng dà. Tā de yǎnjīng xiàng tàiyáng hé yuèliang, tā

变成了一只鹰，攻击秃鹫。<u>孙悟空</u>变成了一只巨大的黑凤凰，攻击鹰。

老牛不能变成任何其他的鸟，因为凤凰是所有鸟的王，没有鸟会攻击它。所以他来到地上，变成了一只鹿。<u>孙悟空</u>飞下来，变成了一只饿虎，攻击鹿。<u>牛魔</u>王变成一只大豹子[51]，攻击老虎。<u>孙悟空</u>从老虎变成了金眼狮子，攻击豹子。<u>牛魔</u>王变成一只熊。熊和狮子打了起来，滚在地上。<u>孙悟空</u>变成了一头巨大的灰象[52]，想要踩在熊的身上。

然后<u>牛魔</u>王变到他本来的样子。他是一头巨大的白牛。他的头像一座山，他的角像高塔，他的牙像长长的白剑。他一百多尺高。"无耻的猢狲，你现在要做什么？"他叫道。

<u>孙悟空</u>变到他自己的样子，喊着，"长！"他变得像山一样大。他的眼睛像太阳和月亮，他

---

[51] 豹子　　　　bàozi – leopard
[52] 象　　　　　xiàng – elephant

de yáchǐ xiàng gōngdiàn de mén. Tā jǔ qǐ tā nà gēn jùdà de tiě bàng, bǎ tā dǎ zài lǎo niú jùdà de tóu shàng. Tāmen kāishǐ zhàndòu. Dì dòng shān yáo. Shēngyīn tài dà le, tiānshàng suǒyǒu de shén dōu tīngdào le. Jīn Tóu Shìwèi, Hēi'àn Liùshén, Guāngmíng Liùshén hé Shíbā Hù Jiào Qiélán dōu lái le. Tāmen wéi zhù le Niú Mó Wáng. Lǎo niú gōngjī tā de zuǒ, yòu, qián, hòu, dàn měi yī tiáo lù dōu bèi yí gè huò duō gè tiānshén dǎngzhù. Yīnwèi méiyǒu dìfāng kěyǐ zǒu, lǎo niú yòu biàn huí dào le tā běnlái de dàxiǎo, pǎo qù Bājiāo Dòng Luóshā nà lǐ. Tā pǎo jìn shāndòng lǐ, jùjué chūlái.

Zhū pǎo dào shāndòng qián, yòng tā de bàzi zá shāndòng. Mén dào xià, biàn chéng yì duī shítou. Luóshā duì lǎo niú shuō, "Qīn'ài de zhàngfu, qiú nǐ le, nǐ yíng bùliǎo. Gěi tāmen shànzi ba."

Tā huídá shuō, "Qīn'ài de, shànzi shì xiǎoshì, dàn wǒ de fènnù shì shēnyuǎn de. Nǐ děng zài zhèlǐ, wǒ huì zàicì hé tāmen zhàndòu. "

Tā pǎo dào wàimiàn, kāishǐ yòng tā de lán gāng jiàn kǎn tāmen. Tā yíng bùliǎo. Tā zhuǎnshēn xiàng běi fēi qù, dàn tā bèi Pō Fǎ Jīngāng dǎng

的牙齿像宫殿的门。他举起他那根巨大的铁棒，把它打在老牛巨大的头上。他们开始战斗。地动山摇。声音太大了，天上所有的神都听到了。金头侍卫、黑暗六神、光明六神和十八护教伽蓝都来了。他们围住了牛魔王。老牛攻击他的左，右，前、后，但每一条路都被一个或多个天神挡住。因为没有地方可以走，老牛又变回到了他本来的大小，跑去芭蕉洞罗刹那里。他跑进山洞里，拒绝出来。

猪跑到山洞前，用他的耙子砸山洞。门倒下，变成一堆石头。罗刹对老牛说，"亲爱的丈夫，求你了，你赢不了。给他们扇子吧。"

他回答说，"亲爱的，扇子是小事，但我的愤怒是深远的。你等在这里，我会再次和他们战斗。"

他跑到外面，开始用他的蓝钢剑砍他们。他赢不了。他转身向北飞去，但他被泼法金刚挡

zhù, Pō Fǎ Jīngāng duì tā hǎn dào, "Niú Mó Wáng, nǐ yào qù nǎlǐ? Shì Jiā Móu Ní ràng wǒ lái zhuā nǐ."

Tā zhuǎnshēn xiàng nán fēi qù, dàn tā bèi Shèng Zhì Jīngāng dǎngzhù, Shèng Zhì Jīngāng duì tā hǎn dào, "Niú Mó Wáng, fózǔ tā ràng wǒ zhuā nǐ."

Tā de tuǐ biàn dé hěn xūruò, lǎo niú xiàng dōng fēi qù. Tā yùdào le Dàlì Jīngāng, Dàlì Jīngāng hǎn dào, "Niú Mó Wáng, nǐ yào qù nǎlǐ? Wǒ shì lái zhuā nǐ de."

Lǎo niú hàipà jí le, zhuǎnshēn xiàng xī fēi qù. Tā de lù bèi Yǒngzhù Jīngāng dǎngzhù le, Yǒngzhù Jīngāng hǎn dào, "Wǒ shì zhào Léiyīn Shān fózǔ de mìnglìng lái dào zhèlǐ, wǒ bú huì ràng nǐ guòqù de."

Tā kàn le sìzhōu, kàndào shìbīngmen cóng měi gè fāngxiàng guòlái. Tā zhí fēi xiàng shàng. Tuōtǎ Lǐ hé tā de érzi Nǎzhā tàizǐ dǎngzhù le tā de lù. "Màn!" tāmen jiàozhe. "Wǒmen zhào Yù Huáng Dà

住，泼法金刚对他喊道，"牛魔王，你要去哪里？释迦牟尼[53]让我来抓你。"

他转身向南飞去，但他被胜至金刚挡住，胜至金刚对他喊道，"牛魔王，佛祖他让我抓你。"

他的腿变得很虚弱，老牛向东飞去。他遇到了大力金刚，大力金刚喊道，"牛魔王，你要去哪里？我是来抓你的。"

老牛害怕极了，转身向西飞去。他的路被永住金刚挡住了，永住金刚喊道，"我是照雷音山佛祖的命令来到这里，我不会让你过去的。"

他看了四周，看到士兵们从每个方向过来。他直飞向上。托塔李和他的儿子哪吒太子挡住了他的路。"慢！"他们叫着。"我们照玉皇大

---

[53] Another name for Gautama Buddha, the Awakened One.

Dì de fǎlìng, lái zhèlǐ zhuā nǐ."

Tā yòu biàn chéng le yìtóu jùdà de bái niú. Dàn zhè cì, Nǎzhā tàizǐ biàn chéng le yí gè sāntóuliùbì de rén. Tā tiào dào lǎo niú de bèi shàng. Nǎzhā bǎ tā de shā yāoguài jiàn fàng zài lǎo niú de bózi shàng, kǎn diào le tā de tóu. Nǎzhā zhèng zhǔnbèi cóng lǎo niú shēnshàng tiào xiàlái, dàn yòu yí gè tóu cóng lǎo niú de bózi shàng shēng le chūlái. Nǎzhā zàicì kǎn diào le tā. Yòu yí gè tóu shēng le chūlái, Nǎzhā bǎ tā kǎn diào le. Zhè zhǒng qíngkuàng fāshēng le shí cì.

Zuìhòu Nǎzhā náchū tā de huǒ lún, bǎ tā fàng zài lǎo niú de yì zhī jiǎo shàng. Lúnzi shàng kāishǐ shāozhe míngliàng de zhēn xiān huǒ. Lǎo niú xiǎng yào gǎibiàn tā de yàngzi, dàn Tuōtǎ Lǐ bǎ Zhào Yāo Jìng ná zài lǎo niú miànqián, zǔzhǐ tā gǎibiàn yàngzi.

Lǎo niú fàngqì le. Tā shuō, "Qǐng búyào shā wǒ. Wǒ huì guīshùn fózǔ de."

Nǎzhā huídá shuō, "Rúguǒ nǐ xiǎng jiù nǐ zìjǐ de shēngmìng, jiù

帝的法令，来这里抓你。"

他又变成了一头巨大的白牛。但这次，哪吒太子变成了一个三头六臂的人。他跳到老牛的背上。哪吒把他的杀妖怪剑放在老牛的脖子上，砍掉了它的头。哪吒正准备从老牛身上跳下来，但又一个头从老牛的脖子上生了出来。哪吒再次砍掉了它。又一个头生了出来，哪吒把它砍掉了。这种情况发生了十次。

最后哪吒拿出他的火轮，把它放在老牛的一只角上。轮子上开始烧着明亮的真仙火。老牛想要改变它的样子，但托塔李把照妖镜拿在老牛面前，阻止它改变样子。

老牛放弃了。他说，"请不要杀我。我会归顺[54]佛祖的。"

哪吒回答说，"如果你想救你自己的生命，就

---

[54] 归顺　　　　guīshùn – to submit

kuài bǎ shànzi gěi wǒmen.”

“Wǒ méiyǒu shànzi. Tā zài wǒ qīzi nàlǐ.” Nǎzhā yòng shéngzi chuānguò lǎo niú de bízi, dài tā huí shāndòng. Tiānshénmen dōu gēnzhe tāmen. Dāng tāmen lái dào shāndòng shí, Niú Mó Wáng shuō, “Fūrén, qǐng ná chū shànzi lái jiù wǒ de mìng.”

Luóshā tīngdào tā de huà. Tā tuō xià suǒyǒu de zhūbǎo hé wǔyánliùsè de yīfú. Tā bǎ tóufà bǎng le qǐlái, chuān shàng yí jiàn pǔtōng de cháng yī, xiàng yí wèi fójiàotú de nígū. Tā zǒuchū shāndòng. Tā kàndào suǒyǒu de tiānshén dōu zhàn zài shāndòng qián. Tā guì le xiàlái, xiàng tāmen kētóu. Tā shuō, “Wǒ qiú púsàmen búyào shā wǒmen. Zhè shì shànzi.” Sūn Wùkōng jiēguò shànzi.

Jǐ lǐ wài, Tángsēng hé Shā hái zài lù biān děngzhe. Tāmen tīngdào yí gè shēngyīn, táitóu kàn qù. Tāmen kàndào jǐ shí gè shén hé jǐ bǎi gè zhànshì xiàng tāmen zǒu lái. Zǒu zài qiánmiàn de shì Nǎzhā tàizǐ, qiānzhe lǎo niú de bízi. Zài tā pángbiān shì Tuōtǎ Lǐ, názhe mó jìng.

快把扇子给我们。"

"我没有扇子。它在我妻子那里。"哪吒用绳子穿过老牛的鼻子，带他回山洞。天神们都跟着他们。当他们来到山洞时，牛魔王说，"夫人，请拿出扇子来救我的命。"

罗刹听到他的话。她脱下所有的珠宝和五颜六色[55]的衣服。她把头发绑了起来，穿上一件普通的长衣，像一位佛教徒的尼姑。她走出山洞。她看到所有的天神都站在山洞前。她跪了下来，向他们磕头。她说，"我求菩萨们不要杀我们。这是扇子。"孙悟空接过扇子。

几里外，唐僧和沙还在路边等着。他们听到一个声音，抬头看去。他们看到几十个神和几百个战士向他们走来。走在前面的是哪吒太子，牵[56]着老牛的鼻子。在他旁边是托塔李，拿着魔镜。

---

[55]五颜六色　wǔyánliùsè – colorful
[56]牵　　　　　qiān – to lead

"Zěnme le?" Tángsēng wèn.

Yí gè shìwèi huídá shuō, "Wǒmen shì zhào fózǔ de fǎlìng lái bāngzhù nǐ de. Nǐ bìxū jìxù nǐ de lǚtú. Búyào fàngqì, búyào tuì huí."

Sūn Wùkōng zhuǎnshēn miàn duì Huǒyàn Shān. Tā shǒu lǐ názhe shànzi. Tā huī le yí cì shànzi, suǒyǒu de huǒ dōu miè le, zhǐ liú xià yì diǎndiǎn jīnguāng. Tā dì èr cì huīdòng shànzi, měi gè rén dōu gǎndào cóng shān shàng chuī lái de liáng fēng. Tā dì sān cì huīdòng shànzi. Tiānkōng zhōng mǎn shì yúnduǒ, kāishǐ xià yǔ le. Yǒu shī shuō,

> Shān huǒ bābǎi lǐ kuān
> Yí yè huǒshāo, dān yào nán chéng
> Dàn bājiāo yè shànzi dài lái yún hé liáng liáng de yǔ
> Tiānshén dài lái le tāmen de shénlì
> Tāmen bǎ lǎo niú dài xiàng le fózǔ
> Shuǐ jiārù le huǒ
> Shìjiè hěn ānjìng.

Sì gè yóurén xiè le tiānshén, tiānshénmen dōu líkāi le, huí dào tā

"怎么了？"唐僧问。

一个侍卫回答说，"我们是照佛祖的法令来帮助你的。你必须继续你的旅途。不要放弃，不要退回。"

孙悟空转身面对火焰山。他手里拿着扇子。他挥了一次扇子，所有的火都灭了，只留下一点点金光。他第二次挥动扇子，每个人都感到从山上吹来的凉风。他第三次挥动扇子。天空中满是云朵，开始下雨了。有诗说，

山火八百里宽

一夜火烧，丹药难成

但芭蕉叶扇子带来云和凉凉的雨

天神带来了他们的神力

他们把老牛带向了佛祖

水加入了火

世界很安静。

四个游人谢了天神，天神们都离开了，回到他

men zài tiāngōng zhōng de jiā. Tuōtǎ Lǐ hé Nǎzhā tàizǐ
dàizhe lǎo niú qù jiàn zài Léiyīn Shān shàng de fózǔ.
Zhǐyǒu tǔdì shén liú le xiàlái. Tǔdì shén hé Sūn Wùkōng
dōu kànzhe Luóshā, tā hái zhàn zài nàlǐ.

"Luóshā," Sūn Wùkōng shuō, "nǐ wèishénme hái zài
zhèlǐ?"

Luóshā guì le xiàlái, shuō, "Wǒ qiú dà shèng bǎ wǒ de
shàn zǐ huán gěi wǒ."

"Shénme?" Zhū jiào dào. "Nǐ bù zhīdào nǐ yīnggāi tíngzhǐ
le ma?"

Tā bù lǐ tā, duì Sūn Wùkōng shuō, "Dà shèng, nǐ shuōguò,
nǐ yòng wán shànzi hòu, nǐ huì bǎ tā huán gěi wǒ. Wǒ bú
huì zài shānghài rènhé rén le. Wǒ yuànyì gēnzhe fózǔ
xué fó dào. Qǐng bǎ wǒ de shàn zǐ huán gěi wǒ, zhèyàng
wǒ cáinéng kāishǐ xīn de shēnghuó."

Tǔdì shén shuō, "Dà shèng, zhè ge nǚrén zhīdào zěnme
yǒngyuǎn de

们在天宫中的家。<u>托塔李</u>和<u>哪吒</u>太子带着老牛去见在<u>雷音</u>山上的佛祖。只有土地神留了下来。土地神和<u>孙悟空</u>都看着<u>罗刹</u>，她还站在那里。

"<u>罗刹</u>，"<u>孙悟空</u>说，"你为什么还在这里？"

<u>罗刹</u>跪了下来，说，"我求大圣把我的扇子还给我。"

"什么？"<u>猪</u>叫道。"你不知道你应该停止了吗？"

她不理他，对<u>孙悟空</u>说，"大圣，你说过，你用完扇子后，你会把它还给我。我不会再伤害任何人了。我愿意跟着佛祖学佛道。请把我的扇子还给我，这样我才能开始新的生活。"

土地神说，"大圣，这个女人知道怎么永远[57]地

---

[57] 永远　　　yǒngyuǎn – forever

bǎ huǒ miè le. Zài gěi tā shànzi zhīqián, nǐ yīnggāi ràng tā zuò zhè ge. Wǒ huì liú zài zhèlǐ, zhàogù shēnghuó zài zhè zuò shānshàng de rén hé shēngwù."

Sūn Wùkōng duì tā shuō, "Zhèlǐ de rén shuō, dàhuǒ zhǐ néng bèi miè yì nián, ránhòu tāmen yòu huì huílái."

Luóshā shuō, "Rúguǒ nǐ xiǎng yǒngyuǎn de bǎ huǒ miè le, nǐ bìxū duìzhe shān huīdòng shànzi sìshíjiǔ cì."

Sūn Wùkōng zhuǎnshēn, miànduìzhe dàshān. Tā huī le sìshíbā cì shànzi. Ránhòu, tā dì sìshíjiǔ cì huīdòng shànzi. Yì chǎng dàyǔ lái le. Tā miè le shānshàng suǒyǒu de huǒ. Dànshì zài méiyǒu huǒ de dìfāng, méiyǒu xià yǔ.

Sì gè yóurén kàn le yī huǐ yǔ. Ránhòu tāmen zǒu jìn shāndòng, shuì le yí yè. Dì èr tiān zǎoshang, tāmen bǎ shànzi huán gěi le Luóshā. Sūn Wùkōng duì tā shuō, "Wǒ gàosùguò nǐ, wǒ huì bǎ shànzi huán gěi nǐ, xiànzài wǒ yǐjīng zuò dào le. Xiànzài zǒu ba, búyào zài zhǎo rènhé máfan le." Tā ná le shànzi. Tā shuō le jǐ jù mó yǔ. Shànzi biàn dé fēicháng xiǎo, tā bǎ tā fàng jìn tā de zuǐ

把火灭了。在给她扇子之前，你应该让她做这个。我会留在这里，照顾生活在这座山上的人和生物。"

<u>孙悟空</u>对她说，"这里的人说，大火只能被灭一年，然后它们又会回来。"

<u>罗刹</u>说，"如果你想永远地把火灭了，你必须对着山挥动扇子四十九次。"

<u>孙悟空</u>转身，面对着大山。他挥了四十八次扇子。然后，他第四十九次挥动扇子。一场大雨来了。它灭了山上所有的火。但是在没有火的地方，没有下雨。

四个游人看了一会雨。然后他们走进山洞，睡了一夜。第二天早上，他们把扇子还给了<u>罗刹</u>。<u>孙悟空</u>对她说，"我告诉过你，我会把扇子还给你，现在我已经做到了。现在走吧，不要再找任何麻烦了。"她拿了扇子。她说了几句魔语。扇子变得非常小，她把它放进她的嘴

lǐ. Ránhòu, tā líkāi le, qù xuéxí fó dào.

Tǔdì shén gǎnxiè le yóurén. Tāmen kāishǐ xiàng xī zǒuxiàng Huǒyàn Shān. Tāmen jiǎoxià de dì yòu liáng yòu shī.

里。然后，她离开了，去学习佛道。

土地神感谢了游人。他们开始向西走向<u>火焰山</u>。他们脚下的地又凉又湿。

The Burning Mountain

Chapter 59

My dear child, in the story I told you last night, the monkey king Sun Wukong killed some bandits. This made the Tang monk angry. In return, Sun Wukong became angry at his master. The other two disciples, the pig-man Zhu Bajie and the big quiet man Sha Wujing, also became angry and unhappy. Because the four travelers would not let go of their anger, a demon was able to take the form of Sun Wukong and cause big problems. This almost caused the death of the monk Tangseng.

However, the problems were solved with help from the Buddha and the bodhisattva Guanyin. The demon was killed. Tangseng allowed Sun Wukong to remain as his disciple. The four travelers let go of their anger and continued on their journey to the west. The poem says,

> Anger weakens the Five Phases
> But the demon's defeat brings light from heaven
> Spirit returns, heart/mind is quiet
> Six senses are quiet, elixir is near

The travelers saw the end of summer's heat and the arrival of autumn. Green leaves turned to yellow and red. Wild geese flew across the sky. The water in the streams became cold. There was morning frost on the grasses and trees, and they could see snow on distant mountaintops.

However, as the travelers approached a village, they felt the weather become warmer. Tangseng said, "Disciples, it is now autumn, why does it feel like summer?"

Zhu replied, "Master, I think we are approaching the Edge of

Heaven. This is where the sun comes down to the Western Sea every evening. When the sun touches the water, huge clouds of steam come up from the sea. I think we are feeling the heat from that steam."

Sun Wukong laughed and said, "Zhu, you are an idiot. Master could travel for several lifetimes and still not reach the Edge of Heaven. There must be some other reason for this heat."

Soon they came to some buildings. The roofs were red, the doors were red, the brick walls were red, and the wooden benches were red. Tangseng pointed to one of the houses, saying, "Wukong, go to that house and try to learn why the weather is so hot."

Sun Wukong left the main road and walked towards the house. Just then an old man came out from the house. He wore a robe that was not quite yellow and not quite red. His hat was not quite blue and not quite black. His boots were not quite new and not quite old. His eyebrows were white and some of his teeth were gold. He became afraid when he saw Sun Wukong.

Sun Wukong bowed to the man and said, "Please don't be afraid, grandfather. I am a disciple of a monk from the Tang Empire. He was sent by the Tang Emperor to seek holy scriptures in the west. There are four of us. We have just arrived here. Right away we felt the heat. Can you please tell us why it is so hot here?"

The old man relaxed a bit, saying, "Please don't be offended, my friend. This old man cannot see very well. Where is your master? Please ask him to come here." Tangseng and the other two disciples walked towards the house, and the old man invited all four of them inside his house for tea.

"You have come to the Mountain of Flames," he said while

pouring tea. "There is no springtime here and no autumn. All four seasons are hot. The mountain is about sixty miles west of here. The mountain's fire spreads for four hundred miles in both directions, blocking the road. You cannot get past it. And if you touch the mountain you will burn or turn to liquid." When Tangseng heard this he became very afraid.

Just then, a young man came to the door of the house. He was selling rice cakes. Sun Wukong pulled a hair from his head and turned it into a coin. He gave the coin to the young man to buy some rice cakes. But the cakes were so hot that Sun Wukong could not hold it in his hand. He threw it from one hand to the other, crying out in pain every time the cakes touched his hand.

"My friends," laughed the young man, "If you don't like heat, you should not be here!"

Sun Wukong replied, "Young man, if it is so hot here, how do you grow rice to make rice cakes?" The young man replied,

> "If it's rice you desire,
> You must from Immortal Iron Fan inquire."

"What does that mean?" asked Sun Wukong.

"Immortal Iron Fan has a magic plantain leaf fan. One wave of his fan puts out the fire. A second wave brings a cool breeze. A third wave brings the rain. When Immortal Iron Fan waves his fan, we can grow the five grains and have food to eat."

"Master," said Sun Wukong, "I will find this Immortal Iron Fan. I will ask him to give me the fan. First we will use the fan to put out the fire on the mountain so we can travel to the west. Then I will give the fan to these people so they can grow the five grains in a normal way."

The old man said, "He will not give you the fan. You people don't have any gifts. Once every ten years, the Immortal Iron

Fan meets with the families in this region. The families give
him hogs, sheep, chickens, geese, wine and flowers. They beg
him to control the fire so they can grow the five grains."

"Tell me where he lives."

"He lives on Jade Cloud Mountain, in a cave called Plantain
Leaf Cave. It's about 1,450 miles from here. It will take you
more than a month to get there. And there are many tigers and
wolves."

"That won't be a problem," laughed the Monkey King. He
jump into the air and disappeared. A few seconds later he
arrived at Jade Cloud Mountain. He looked down and saw a
man cutting wood. He came down to the ground and walked
up to the woodcutter, bowed and said, "Brother woodsman,
please accept my bow. Would you please tell me where I can
find Jade Cloud Mountain, Plantain Leaf Cave and the
Immortal Iron Fan?"

The woodsman bowed and replied, "Greetings, sir. You have
arrived at the correct mountain, and the cave that you seek is
nearby. But I must tell you that there is nobody named
Immortal Iron Fan. However there is Princess Iron Fan, also
called Raksasi. She has the plantain leaf fan that can extinguish
fires. She is the wife of the Bull Demon King."

Sun Wukong blinked in surprise. The Bull Demon King was
his old friend and brother from five hundred years earlier. But
Sun Wukong was almost burned to death by the king's son
Red Boy when the boy tried to kill him with five carts full of
magic fire . He also remembered Red Boy's uncle who was
angry at Sun Wukong and refused to give him magic water at
the Child Destruction Cave in the Country of Women . Now it
looks like he will meet Red Boy's mother and perhaps his
father.

The woodsman saw Sun Wukong lost in his thoughts. He said, "Elder, you are a monk. You have left the family. Do not worry about the past or the future. Go and see Raksasi. Think only of borrowing the fan, and do not hold onto any old grudges. I am sure you will get what you are seeking."

Sun Wukong bowed deeply and replied, "I thank brother woodsman for his wise words." He walked a short distance to the entrance to the Plantain Leaf Cave. He pounded on the door and shouted, "Open the door!"

The door opened slowly. A young girl walked out. She wore old rags and had a bunch of flowers in her hand. On her shoulder was a small rake. Sun Wukong said, "Little girl, please tell Raksasi that Sun Wukong from the land of Tang is here to see her. I wish to borrow her fan."

The girl went into the cave and reported this to Raksasi. When Raksasi heard that Sun Wukong had arrived, it was as if oil was poured on a fire. She jumped up and shouted, "That wretched ape is here? Maids, bring me my armor and my weapons!" She put on a robe with a belt made of two tiger tendons. In each hand she held a sword of blue steel. She looked more fierce than a yaksa. Running out of the cave, she shouted, "Where is Sun Wukong?"

Sun Wukong bowed and said to her, "Sister in law, old Monkey is here to greet you."

"How dare you call me sister in law?"

"Many years ago, your husband Bull Demon King was my old friend and brother. Why should I not call you sister in law?"

"Wretched ape, why did you capture my son?"

Sun Wukong pretended not to understand. "Who is your son?"

"He is Red Boy, the Great King Holy Child. You brought him

down. I wanted revenge, and now here you are!"

Sun Wukong smiled and said, "Dear sister in law, I think you have not quite understood the situation. Your boy captured my master and wanted to cook and eat him. The Bodhisattva Guanyin captured the boy and rescued my master. He became a disciple of Guanyin and he is now quite happy. He is the same age as Heaven and Earth, he will live as long as the sun and moon. You should thank Old Monkey for helping your son!"

She spat at him. "You lying monkey. How can I ever see my son again?"

"That's not a problem. Just lend us your fan. We will put out the fire on the mountain so that my master can continue on his journey to the west. Then I will go to visit Guanyin and invite her and your son to come and see you."

"Stop flapping your tongue, you wretched monkey. Bend over and let me hit your head a few times with my blue steel sword. If you can endure the pain I will lend you the fan."

Sun Wukong agreed to this. He bent over so that Raksasi could see his neck. Raksasi struck his neck with her blue steel sword ten or fifteen times. The sword just bounced off his neck. She turned and tried to run away, but Sun Wukong said, "Sister in law, where are you going? Did you forget your promise? Have a taste of my rod!" He pulled his tiny golden hoop rod out of his ear and whispered "Change." It grew to a full sized rod as thick as a rice bowl. He tried to strike Raksasi, but she blocked his blow with her swords. Soon they were fighting, completely forgetting about being friendly to each other.

Raksasi was a very skilled fighter and Sun Wukong could not easily defeat her. They fought for several hours, not even noticing that the sun had set. Raksasi started to become tired.

She dropped one of the swords and waved her fan. A powerful gust of cold air blew towards the Monkey King. He was pushed far away like a leaf in the wind. Raksasi returned to her cave and closed the door.

Sun Wukong was blown by the wind all night. In the morning he finally was able to grab onto a mountaintop and stop moving. He rested for a few minutes. Then he stood up and looked around. He saw that he was on Little Sumeru Mountain. He thought, "I know this place. Several years ago I fought the Demon Yellow Wind on this mountain . The Bodhisattva Lingji helped me then. Maybe I should find her and see if she can help us."

He walked down the mountain and approached a small temple. A temple worker saw him. The worker went inside and told the Bodhisattva, "That hairy faced ape is here again to see you."

Lingji greeted Sun Wukong, saying, "It's good to see you again, Wukong. Has your master reached the end of his journey yet?"

"No. In the years since you helped us defeat Demon Yellow Wind, we have climbed many mountains, walked many miles, and fought many monsters. Our path is now blocked by the Mountain of Flames. There is a fan that can put out the flames, but the owner of that fan will not give it to us. She is the wife of my old friend the Bull Demon King. But she is very angry with me because I helped to introduce her son to the Bodhisattva Guanyin. The boy is now Guanyin's disciple. She started a fight with me, then she waved her fan and blew me all the way here."

"I know her and I know that fan. It was created by Heaven and Earth many years ago, when the chaos was first divided. It can extinguish all fires. If a person is fanned by it, they will travel eighty four thousand miles. You are very powerful so it only blew you fifty thousand miles."

"Wonderful fan!" exclaimed Sun Wukong. "How can my master overcome this?"

"You can relax. Many years ago, the Buddha himself gave me a Wind Arresting Elixir but I have never used it. I will give it to you. You can use it to take the fan, extinguish the fire, and help your master." She took out a small silk bag from her sleeve. Inside the bag was the Wind Arresting Elixir. She sewed the silk bag onto Sun Wukong's shirt. She said, "There's no time for us to drink tea. Go now!"

Using his cloud somersault, the Monkey King returned quickly to Jade Cloud Mountain. He pounded on the door with his rod, shouting, "Open the door! Old Monkey wants to borrow your fan!"

Raksasi was surprised that Sun Wukong had returned so quickly. She was a bit worried. But she put on her armor again, and walked out of the cave to meet him. She said, "So, you are seeking death again?"

"Dear sister in law, please lend me your fan. I am a real gentleman. I will always return what I borrow!"

"Have a taste of this old lady's swords!" she shouted, and attacked him with her two blue steel swords. Sun Wukong easily fought her off and began to beat her with his rod. She dropped one of the swords, grabbed her fan, and waved it at him. Nothing happened.

Sun Wukong smiled at her and said, "This time is not the same as last time. Wave that fan at me as much as you like. I am not going anywhere." Raksasi turned and ran back into the cave, locking the door behind her.

Sun Wukong pulled the silk bag off his shirt and popped the

magic elixir into his mouth. Then he changed into a little cricket. He crawled under the door and into the cave. Raksasi was sitting in her chair, drinking a cup of hot tea. When she wasn't looking he jumped into the teacup. She opened her mouth to sip her tea. Sun Wukong jumped into her mouth and went down into her stomach. Then he shouted, "Sister in law, lend me your fan!"

Raksasi was confused. She asked her maids, "Did you lock the door?" They told her that they did. "Where are you?" she cried.

"I'm just having a little bit of fun in my dear sister in law's stomach. How does this feel?"

He stomped his foot down, causing sharp pain in her lower abdomen. She fell to the floor, crying in pain. Then he jerked his head upward, causing sharp pain in her heart. She rolled around on the ground, the pain turning her face yellow. She cried out, "Please, brother in law, don't kill me!"

"Ah, so now I am your brother in law? Good. Give me the fan."

"I will. Just come out of my stomach."

"No. I want to see it first. And I will be kind to you and not make a hole in your stomach. Open your mouth and I will come out." She opened her mouth. A small cricket flew out of her mouth but she did not see it. She kept holding her mouth open, waiting for Sun Wukong to come out. Sun Wukong changed back into monkey form, picked up the fan, thanked her, and walked out of the cave.

He returned to Tangseng and the other disciples and told them the story of how he obtained the fan. Then the travelers thanked the old man and headed west. They walked about forty miles and got close to the Mountain of Flame. It was very, very hot. Sha and Zhu said that their feet were on fire. Even the white horse was uncomfortable. "Wukong, use the fan!" shouted Tangseng.

Sun Wukong waved the fan at the mountain. After one wave, the fire grew bigger than before. After the second wave, the fire grew a hundred times brighter than before. After the third wave, the fire leaped ten thousand feet into the air and started coming towards them. "Run away!" shouted Sun Wukong. "That princess has tricked me!" His hair and clothing started to burn.

Tangseng's horse galloped for twenty miles with Tangseng holding on tightly. The three disciples followed close behind. Tangseng began to cry, saying, "What shall we do? What shall we do?"

Sha said to Sun Wukong, "Elder brother, why did the fire burn you? I thought fire could not harm you."

"I was not prepared for the fire," he replied. "I had no time to make the fire repelling sign." Turning to Tangseng he said, "Master, perhaps we can head north and go around the mountain."

"I do not want to go north or south or east," said Tangseng. "The scriptures are in the west and that is where I want to go."

"Well this is a problem," said Sha.

> "Where there are scriptures there is fire.
> Where there is no fire, there are no scriptures."

Just then, an old man arrived. On his shoulder was a demon with the head of a hawk and the face of a fish. "I am the local spirit of the Mountain of Flames," he said. "Raksasi has tricked you and given you a false fan."

"We know that," said Sun Wukong angrily. "What can we do

now?"

The local spirit smiled and said,

"If it's the real fan you desire,
You must from the powerful King inquire."

Chapter 60

Sun Wukong said, "So, this fire was created by the Bull Demon King?"

The local spirit replied, "No. Please don't be angry at me for telling you this, but this fire was set by the Great Sage Equal to Heaven. That's you."

Sun Wukong's eyes grew big and he became angry. "How can you say that? Do you think I am someone who sets fires?"

"Please let go of your anger, Great Sage. You met me once before but you don't recognize me. Long ago, you caused great trouble in Heaven . Laozi put you in a brazier for forty nine days. When he opened it, you jumped out and fought with everyone in Heaven. You did not notice that you knocked over the brazier. Two bricks from the brazier fell from Heaven to earth. Those bricks became the Mountain of Flames. At that time I was a worker at the temple. My job was to take care of the brazier. Laozi blamed me for letting the bricks fall to earth, so he threw me out of Heaven and changed me into the mountain's local spirit."

"So, why must I go and see the Bull Demon King?"

"As you know, the Bull Demon King is the husband of Raksasi. Several years ago he left her and now lives in Cloud Touching Cave on another mountain far from here. That cave was once the home of a fox demon, but after ten thousand years he died. The fox demon had a daughter named Princess

Jade Face. This girl is also a fox demon . She inherited her father's cave and also his great fortune. Two years ago she heard that the Bull Demon King had great magical powers. She became his girlfriend. He lives with her and has not visited Raksasi in two years."

He continued, "If you visit Bull Demon King and get the fan you can do three good deeds at once. You can help your master continue on his journey to the west. You can help the people in this region by eliminating the fire. And you will allow me to return to Heaven."

Sun Wukong nodded. "Where is this Cloud Touching Cave?"

"About three thousand miles south of here," replied the local spirit. Sun Wukong told Zhu and Sha to take care of Tangseng. He told the local spirit to stay there to guard them. Then he jumped into the air and flew away to the south.

Soon he arrived at the mountain that had the Cloud Touching Cave. It was a huge mountain. Its top touched the blue sky. He did not know where the cave was, so he dropped to the ground and began walking around. He heard a sound, looked up, and saw a young woman walking towards him. He hid behind a tree to watch her. What does she look like, you ask?

> She walks with slow careful steps
> Her face like Wang Qiang
> Her face like a girl from Chu
> Like a beautiful flower
> Like a jade statue
> Her black hair is wound around her head
> Her green eyes shine like pools of water
> Red lips, white teeth
> Eyebrows as smooth as the River Jin
> She is more lovely than Zhuo Wenjun and Xue Tao

Sun Wukong came out from behind the tree and asked her, "Lady Bodhisattva, where are you going?"

She saw the ugly monkey and became frightened. "Where have you come from?" she asked. Sun Wukong tried to decide how to answer her. She waited for his reply, then said angrily, "Tell me who you are and why you dare question me?"

Sun Wukong finally found the words to say, "Madam, I have come from Jade Cloud Mountain. This is my first visit to your beautiful region. I am looking for Cloud Touching Cave. Can you tell me where I can find it?"

"Why do you seek this cave?"

"I was sent by Princess Iron Fan to find the Bull Demon King and bring him back to her."

Of course, the girl was Princess Jade Face. She became furious. She shouted, "That filthy slut! My lover, the Bull Demon King, has lived with me for two years. In that time he has sent many gifts to her. He has given her jewels, diamonds and silk cloth. He gives her firewood to keep her warm, and rice to keep her fed. That woman has no shame! Why does she want you to bring him back to her?"

Sun Wukong realized who the girl was. He waved his golden hoop rod at her and bellowed, "You bitch! You used your father's wealth to buy the Bull Demon King. You are the one who should feel shame, not me!"

As he hoped, the girl turned and ran away, leading him back to the Cloud Touching Cave. She ran inside and locked the door. She ran into the back of the cave, where the Bull Demon King was sitting in the library reading a book. She jumped up and down, screaming at him, "You wretched demon! I took you in because I wanted protection and care. But now you have almost killed me! There is a hairy monkey outside the cave. He told me that your wife wants you to return to her. Then he waved his big rod at me and almost killed me."

Bull Demon King listened to this calmly. Then he said to her, "Pretty lady, there must be a mistake. My wife has studied the Way for many years. She is now an immortal. There are no men at her house. How could she send a man or a monkey to come here and make demands like that? It must be some kind of demon. I will go out and take a look."

He put on his armor, picked up an iron rod, and went outside the cave, saying "Who is here causing trouble at my home?"

Sun Wukong bowed deeply and said, "Elder brother, don't you recognize me?"

"I think I know you. Aren't you Sun Wukong, the Great Sage Equal to Heaven?"

"Yes I am. And I must say, my old friend, you are looking better than ever."

"Stop this talk! I have heard stories about you. I heard you caused trouble in heaven and were trapped under Five Finger Mountain for five hundred years. And I heard that you brought harm to my son Red Boy. I am really quite angry at you. Why are you here?"

Sun Wukong told the story of Red Boy's meeting with Guanyin and how he was now her disciple. Bull Demon King calmed down a little bit, but he said, "All right, but why did you try to hit my girlfriend?"

"I'm so sorry about that. I was trying to find you, and I asked her where your cave was. I did not know that she was my second sister in law. Please forgive me, old friend."

"All right, I forgive you. Now go away."

"I must ask a favor of you. I am helping the Tang monk journey to the western heaven. Our path is blocked by the Mountain of Flames. Your wife has a magic fan that can put out the fire so we can cross. We asked to borrow it, but she refused. I believe you have that magic fan. Please let us borrow it. As soon as we cross the mountain I will return it to you."

"So, you are not here as my friend. You want something from me. All right, here's what we will do. We will fight. If you can last three rounds against me, you can borrow the fan." And before Sun Wukong could say anything, Bull Demon King brought his iron rod down on the monkey's head.

Sun Wukong stepped aside to avoid the rod. They began to fight. At first they fought on the ground but they soon rose up into the air. They shouted insults at each other, forgetting their old friendship. They fought all day but neither one could win. Just before sunset, a voice called out from the mountaintop saying, "King Bull, my master invites you to dinner. Please come and enjoy a banquet at his home."

Bull Demon King stopped fighting and said, "Monkey, I must go now. We will continue this later." He dropped to the ground, went inside his cave and said to Princess Jade Face, "My dear, I must leave to go drink at a friend's house. Don't go outside, the ugly monkey is out there." He removed his armor and put on a green silk jacket. Then he was gone.

Sun Wukong saw Bull Demon King fly away. He followed him to another mountain, and he saw the old bull jump into a pool of water. Sun Wukong changed into a crab and jumped in after him. Diving down to the bottom of the pool, he saw a great banquet hall. Many guests were there. They were eating, talking, and listening to music played by fish and other aquatic creatures. Young boys played wooden flutes.

Bull Demon King sat in the seat of honor. Female dragon spirits sat on his right side and left side. Across from him sat an old dragon. Next to the old dragon were many sons, grandsons, daughters and granddaughters. They were all drinking wine and talking loudly.

Sun Wukong crab-walked into the middle of the room. The old dragon saw him and shouted, "Seize that crab!" Several of the dragon's sons rushed forward and grabbed him.

"Oh, don't kill me, don't kill me!" shouted Sun Wukong.

"Where do you come from, wild crab, and why are you here? Tell me quickly and we will not kill you."

"Great king, since birth I have lived in a small cave and looked for food in the lake. But I have never learned to walk properly. I am sorry if I did something to anger you, please forgive me!"

The dragon's sons asked the old dragon to let the crab leave, and the old dragon agreed. Sun Wukong crab-walked out of the banquet hall. He swam up and out of the pool of water and changed back into his original monkey form. He said to himself, "I don't think I should wait for Bull Demon King to leave, he might be there for several days. I will take his form and go to see Raksasi. I will try to get her to give me the fan. This plan is faster and safer." He changed into the form of the old bull and rode his cloud somersault back to Plantain Leaf Cave.

He knocked on the cave door, and servants let him in. He said to Raksasi, "Madam, it has been a long time!"

She looked at him and thought he was her husband. She replied, "I wish the Great King ten thousand blessings. It appears that he is so busy playing with his new girlfriend that he has forgotten this poor lady."

"I am sorry, my dear. I had many matters to attend to. But recently I heard that a monkey named Sun Wukong has come here to ask you for the fan. You must tell me if he comes back again. I will have him seized and chop him into small pieces."

"Oh husband, that monkey was here yesterday. He wanted to borrow the fan. I waved the fan at him and blew him away. But then he returned with some kind of magic that protected him from the fan's wind. He entered my stomach, causing me great pain. Then he took my fan and ran away."

"That is terrible! Why did you give him our greatest treasure?"

Raksasi laughed and said, "Please don't get angry. I gave him a fake fan."

"Ah, that's good. Where is the true fan?"

"Don't worry, I still have it. Now, my dear husband, please stay and have dinner with me." Servants brought food and wine. Sun Wukong dared not break his vegetarian diet, so he just ate a little fruit and drank a little wine.

Raksasi drank a lot of wine. She began feeling very friendly towards her husband. She moved closer to him and put her leg next to his. They both drank wine from the same cup. They gave fruit to each other. Sun Wukong had no choice but to laugh and pretend to be her husband. Raksasi became quite drunk. Sun Wukong saw his opportunity, so he asked her, "My dear, where did you put the real fan?"

Raksasi opened her mouth and spat out a tiny fan. Laughing, she handed it to him.

Sun Wukong stared at it. "How can this little thing extinguish eight hundred miles of flames?"

Raksasi swayed back and forth, barely able to sit up. She said, "Husband, you have spent the last two years playing with your little girlfriend. It has affected your mind and now you cannot remember anything at all. Remember, you touch the seventh red thread with your thumb. Then you say these magic words, *bi hui xu he xi xi chui hu*. The fan will grow to be twelve feet long, and it will easily put out the fires of the Mountain of Flame."

Sun Wukong took the tiny fan, popped it into his mouth, and changed back into his original monkey form. "Raksasi, take a good look at me. Am I your dear husband?" She fell to the ground, kicking and crying. He left the cave. He jumped into the air and immediately did what Raksasi told him. He touched the seventh red thread with his thumb and recited the magic words. Immediately the fan grew to be twelve feet long. "I wish I had learned the magic words to make it small again!" he thought.

Meanwhile back under the pool, Bull Demon King was finished eating and drinking with his friends. He got up to leave. "Where is that crab that was here earlier?" he asked. Nobody knew where the crab was. "Oh, now I understand. Before I came to this banquet I was fighting with the Monkey King. He is very smart and has great skills. I think he took the form of a crab in order to find out what I was doing. I wonder if he has gone to see my wife to trick her into giving him the magic fan."

He leaped out of the pool and used a yellow cloud to fly to Plantain Leaf Cave. He entered the cave and found his wife crying and beating herself on the chest. "Where is Sun Wukong?" asked the Bull Demon King.

Raksasi hit him on the chest with her fists and shouted, "You idiot. How could you allow that monkey to take your appearance and trick me?"

"Where is he?" repeated the king.

"He took our treasure, changed back to his original monkey form, and flew away. Oh, I am so angry I could die."

"Madam, take care of yourself and don't worry about that monkey. I will break every one of his bones." Then he shouted, "Bring me my armor and weapons!"

One of the maids said, "Sir, you don't live here anymore. Your armor and weapons are not here." Angrily, the Bull Demon King took off the silk jacket and threw it on the floor. He tightened up his belt around his undershirt, picked up his wife's two blue steel swords, and walked out of the cave to find Sun Wukong.

Chapter 61

The Bull Demon King saw Sun Wukong walking down the road, carrying the plantain leaf fan on his shoulders and singing a happy song. The King said to himself, "This monkey is very clever. He has taken the fan from my wife, and he also knows how to use it. If I just ask him for the fan, he will say no. He might even wave the fan at me. That would send me very far away. It would take me days to return." He thought some more. "I have heard that he is traveling with two other disciples, a pig-man and a flowing-sand spirit. I will change into the form of the pig-man and try to get my fan back."

Sun Wukong was feeling quite happy. He had tricked Raksasi into giving him the fan and the instructions for how to use it. So when he saw Zhu Bajie in the road, he did not even think that it might be a trick. He said to Zhu, "Brother, where are you going?"

Bull Demon King replied, "Master was worried because you did not return. He asked me to look for you."

"Here I am, and here is the fan! I saw Bull Demon King drinking and talking with his friends underwater. So I went to see Raksasi, pretending to be her husband. She was happy to see me. She drank a lot of wine, got drunk, and told me how to use it."

"That's wonderful. You look tired. Let me carry the fan for you."

Sun Wukong saw no problem with this, so he handed the fan to Bull Demon King. Immediately Bull Demon King changed into his true form and shouted, "Wretched ape, do you recognize me now?"

Sun Wukong shook his head slowly and said, "Oh, this is my fault. I have been hunting wild geese for years, and today a tiny goose has tricked me." Then he pulled his tiny golden hoop rod out of his ear, whispered "Change," and slammed the huge rod down hard on Bull Demon's head. Bull Demon moved aside to dodge the blow. Then he waved the fan at Sun Wukong. But Sun Wukong still had the Wind Arresting Elixir in his mouth so the fan did not move him at all.

Bull Demon King saw this and was frightened. He made the fan very small and popped it into his own mouth, then took his two blue steel swords and began to slash at Sun Wukong. The two kings fought like two dragons. Rocks, dirt and dust flew into the air, frightening ghosts and gods. As they fought they hurled insults at each other. One used his rod, the other used his swords, but they had equal skill and neither could win. They fought for hours.

While the two kings were fighting, Tangseng was sitting by the side of the road. He was hot, hungry, thirsty and tired. "Where is that disciple?" he asked Zhu and Sha. "One of you should go and see where he is. Maybe he needs some help."

"I will go," said Zhu, "but I don't know how to get to Cloud Touching Cave."

"This humble deity knows the way," said the local mountain spirit. "I will go with the pig-man, if the sand spirit can stay and guard the holy monk." Sha, the sand spirit, agreed. So Zhu picked up his rake. He and the local spirit rose up into the clouds and fog and flew east to Cloud Touching Cave.

They arrived and saw Sun Wukong locked in battle with Bull Demon King. "Brother, I am here!" shouted Zhu.

"Is that really you?" shouted Sun Wukong. "You have tricked me once already today."

"What do you mean by that?"

"Earlier today I saw you coming towards me on the road. You wanted to carry the fan so I gave it to you. But then you changed into that wretched Bull Demon King. I have been fighting him ever since."

Zhu was very angry. He shouted at Bull Demon King, "How dare you take my form and cause trouble between me and my brother! Taste my rake!" He attacked Bull Demon King.

Bull Demon King was already tired from fighting all day against Sun Wukong. He turned to run away. But he saw the local mountain spirit and an army of ghost soldiers blocking his way.

The local spirit said, "Bull Demon King, you must stop now. Every god in heaven will help the Tang monk finish his journey to the west. Everyone in the Three Regions knows about his journey. Quickly, use your fan to extinguish the flames on this mountain so that the monk may continue his travels. If you don't, everyone in Heaven will fight you and you will surely die."

Bull Demon King replied, "Local spirit, listen to me. This monkey has stolen my fan, insulted my girlfriend, tricked my wife, and taken my son away from me. I am so angry at him, I wish I could eat him, pass him through my stomach and out my rear end and feed him to my dogs! How can I give my treasure to him?"

The battle continued, with Bull Demon King fighting against Sun Wukong, Zhu, the local spirit and hundreds of ghost soldiers. They fought all evening and into the night. The moon rose, the stars came out, and still they fought. The next morning they were still fighting. They moved closer to the Cloud Touching Cave. Inside, Princess Jade Face heard the sound of the fighting. She looked out of the cave and saw her boyfriend fighting against an army of enemies. Quickly she called all her demon guards to join the fight. Over a hundred of them grabbed lances and rods and ran to help the Bull Demon King. They rushed at Zhu, who had to fall back in defeat. They rushed at Sun Wukong, who had to use his cloud somersault to escape. The local spirit and the ghost soldiers flew away in all four directions. Satisfied, the old bull and his demon guards returned to their cave and locked the door behind them.

Sun Wukong and Zhu were very tired. They sat down to talk. "How can we find a way to help Master cross this mountain?" asked Zhu.

The local spirit arrived and said, "Brother pig, there is no other way. Your master has said that he must travel west. Don't think about going north, south or east. You must walk on the correct road, no matter what!"

"Yes!" replied Sun Wukong. "We must fight to get the fan and extinguish the flames. Only then will we see the face of the Buddha."

Zhu jumped up and shouted, "Yes, yes, yes! Go, go, go! Who cares if the old bull says yes or no!"

The three of them were joined by the ghost soldiers. They rushed towards the cave door and smashed it. Bull Demon King and his demon guards rushed out of the cave, and the battle began again. The monkey used his rod, the pig used his rake, the old bull used his swords, and all the ghosts and demons used whatever weapons they had. The air was filled with fog, wind and rain. They fought in the sky from early morning until noon.

Exhausted, Bull Demon King turned and tried to return to his cave. But the local spirit blocked his way, shouting, "We are here, you cannot pass!" With nowhere else to go, the old bull threw down his weapons and armor, shook his body, changed into a white swan and flew into the air.

Sun Wukong shouted, "Zhu and local spirit, go back to the cave and kill all the demons. I will catch this old bull!" He flew high in the air, changed into a large vulture, and attacked the swan. Bull Demon King changed into an eagle and attacked the vulture. Sun Wukong changed into a huge black phoenix and attacked the eagle.

The old bull could not change into any other kind of bird, because the phoenix was the ruler of all birds and no bird would attack it. So he dropped to the ground and changed into a deer. Sun Wukong flew down, changed into a hungry tiger, and attacked the deer. Bull Demon King changed into a huge leopard and attacked the tiger. Sun Wukong changed from a tiger to a golden-eyed lion and attacked the leopard. Bull Demon King changed into a bear. The bear and the lion fought, rolling on the ground. Wukong changed into a huge gray elephant and tried to step on the bear.

Then Bull Demon King changed into his original form. He was a gigantic white bull. His head was like a mountain, his horns were like tall pagodas, his teeth were like long white swords. He was over a hundred feet tall. "Wretched ape, what will you do now?" he roared.

Sun Wukong changed into his own form, shouted "Grow!" and became as large as a mountain. His eyes were like the sun and moon, his teeth were like the doors of a palace. He lifted his mighty iron rod and brought it down on the old bull's huge head. They began to fight. The ground shook and mountains crumbled. The sound was so great that all the gods in heaven heard it. The Golden Headed Guardian, the Six Gods of Darkness, the Six Gods of Light and the Eighteen Guardians of Monasteries all came. They surrounded Bull Demon King. The old bull attacked left, right, front and back, but each way was blocked by one or more of the gods of heaven. With nowhere else to go, the old bull changed back to his normal size and ran away to join Raksasi in the Plantain Leaf Cave. He ran inside the cave and refused to come out.

Zhu ran up to the cave and smashed it with his rake. The doorway collapsed into a pile of rocks. Raksasi said to the old bull, "Dear husband, please, you cannot win. Just give them the fan."

He replied, "My dear, the fan is a small thing, but my anger is deep and wide. You wait here, I will fight them again."

He ran outside and began to slash at them with his blue steel swords. He could not win. He turned and flew to the north, where he was stopped by the Diamond Guardian of Vast Magical Powers who shouted at him, "Bull Demon, where are you going? I have been sent by Sakyamuni to capture you."

He turned and flew to the south, where he was stopped by the

Diamond Guardian of Immeasurable Power, who shouted at him, "Bull Demon, the Buddha himself told me to capture you."

His legs becoming weak, the old bull flew to the east. He was met by the Diamond Guardian of Great Strength, who shouted, "Where are you going, Bull Demon? I am here to arrest you."

Very afraid, the old bull turned and flew to the west. His way was blocked by the Diamond Guardian of Long Life, who shouted, "I am here by personal order of the Buddha of Thunderclap Mountain, I will not let you pass."

He looked all around and saw soldiers coming from all directions. He flew straight up. Devaraja Li and his son Prince Nata blocked his path. "Slow down!" they cried. "By the decree of the Jade Emperor we are here to arrest you."

He changed again into a huge white bull. But this time, Prince Nata changed into a man with three heads and six arms. He jumped onto the old bull's back. Nata brought his monster-killing sword down on the old bull's neck, cutting off its head. Nata prepared to jump off the old bull, but another head sprouted from the old bull's neck. Again Nata cut it off. Another head sprouted and Nata cut it off. This happened ten times.

Finally Nata grabbed his wheel of fire and placed it on one of the old bull's horns. The wheel began burning brightly with true immortal fire. The old bull tried to change its form, but Devaraja Li held the Demon Reflecting Mirror in front of the old bull, preventing it from changing form.

The old bull gave up. He said, "Please don't kill me. I will submit to the Buddha."

Nata replied, "If you want to save your own life, give us the fan quickly."

"I don't have it. My wife has it." Nata put a rope through the old bull's nose and led him back to the cave. All the gods of heaven followed them. When they arrived at the cave, the Bull Demon King said, "Madam, please bring out the fan to save my life."

Raksasi heard his words. She took off all her jewelry and brightly colored clothing. She tied up her hair and put on a plain robe like a Buddhist nun. She walked out of the cave. She saw all the gods of heaven standing in front of the cave. She fell to her knees, kowtowing to them. She said, "I beg the Bodhisattvas not to kill us. Here is the fan." Sun Wukong took the fan.

A few miles away, Tangseng and Sha still waited by the side of the road. They heard a sound and looked up. They saw dozens of gods and hundreds of warriors coming towards them. In front was Prince Nata, leading the old bull by his nose. Next to him was Devaraja Li, holding the magic mirror.

"What is going on?" Tangseng asked.

One of the guardians replied, "We are here to help you, by decree of the Buddha. You must continue on your journey. Do not give up, do not turn aside."

Sun Wukong turned to face the Mountain of Flame. He held the fan in his hand. He waved the fan once and all the fires went out, leaving just a little bit of golden light. He waved it a second time and everyone felt a cool breeze coming from the mountain. He waved it a third time. Clouds filled the sky and it began to rain. The poem says,

> The mountain of flames is eight hundred miles wide
> The fire burned all night, the elixir could not ripen
> But the plantain leaf fan brings clouds and cool rain

The gods of heaven have brought their power
They lead the old bull to Buddha
Water is joined to fire
The world is calm.

The four travelers thanked the gods of heaven, who all left to return to their various homes in heaven. Devaraja Li and Prince Nata led the old bull to see Buddha at Thunderclap Mountain. Only the local spirit stayed. The local spirit and Sun Wukong both looked at Raksasi, who was still standing there.

"Raksasi," said Sun Wukong, "why are you still here?"

Raksasi got down on her knees and said, "I beg the Great Sage to please give me back my fan."

"What?" cried Zhu. "You don't know when to stop, do you?"

She ignored him and said to Sun Wukong, "Great Sage, you said that you would return the fan to me when you were finished using it. I will never hurt anyone again. I wish to follow the Buddha and the Way. Please give me back my fan, so I may start a new life."

The local spirit said, "Great Sage, this woman knows how to extinguish the flames forever. You should ask her to do it before you give her the fan. I will stay here and care for the people and creatures who live on this mountain."

Sun Wukong said to her, "The local people said that the flames are only extinguished for one year, then they return."

Raksasi said, "If you want the flames extinguished forever, you must wave the fan at the mountain forty nine times."

Sun Wukong turned to face the mountain. He waved the fan forty eight times. Then he waved it the forty ninth time. A great rain came. It extinguished all the fires on the mountain. But in the places where there was no fire, there was no rain.

The four travelers watched the rain for a while. Then they went into the cave and slept overnight. The next morning they gave the fan back to Raksasi. Sun Wukong said to her, "I told you I would give the fan back to you, and now I have done that. Go now and don't cause any more trouble." She took the fan. She said a few magic words. The fan became very small and she popped it into her mouth. Then she left to study the Way of the Buddha.

The local spirit thanked the travelers. They began walking west towards the Mountain of Flames. The ground was cool and moist beneath their feet.

Proper Nouns

These are all the Chinese proper nouns used in this book.

Pinyin	Chinese	English
Bājiāo Dòng	芭蕉洞	Plantain Leaf Cave
Chǔ Guó	楚国	Chu, a kingdom
Cuì Yún Shān	翠云山	Jade Cloud Mountain
Dàlì Jīngāng	大力金刚	Diamond Guardian of Great Strength, an immortal
Dìng Fēng Dān	定风丹	Wind Arresting Elixir
Guāngmíng Liùshén	光明六神	Six Gods of Light, immortals
Guānyīn	观音	Guanyin, a Bodhisattva
Hēi'àn Liùshén	黑暗六神	Six Gods of Darkness, immortals
Hóng Hái'ér	红孩儿	Red Boy, a demon
Huáng Fēng	黄风	Yellow Wind, a demon
Huǒyàn Shān	火焰山	Mountain of Flames
Jǐn Hé	锦河	River Jin
Jīn Tóu Shìwèi	金头侍卫	Golden Headed Guardian, an immortal
Léiyīn Shān	雷音山	Thunderclap Mountain
Língjí	灵吉	Lingji, a Bodhisattva
Luōshā	罗刹	Raksasi, a demon
Mó Yún Dòng	摩云洞	Cloud Touching Cave
Nǎzhā	哪吒	Prince Nata, an immortal
Niú Mó Wáng	牛魔王	Bull Demon King, a demon
Nǚ'ér Guó	女儿国	Country of Women
Pò Er Dòng	破儿洞	Child Destruction Cave
Pō Fǎ Jīngāng	泼法金刚	Diamond Guardian of Vast Magical Powers, an immortal
Qí Tiān Dàshèng	齐天大圣	Great Sage Equal to Heaven, another name for Sun Wukong

Shā (Wùjìng)	沙（悟净）	Sha Wujing, Tangseng's junior disciple
Shèng Yīng Dàwáng	圣婴大王	Great King Holy Child, a demon
Shèng Zhì Jīngāng	胜至金刚	Diamond Guardian of Immeasurable Power, an immortal
Shíbā Hù Jiào Qiélán	十八护教伽蓝	Eighteen Guardians of Monasteries, immortals
Sūn Wùkōng	孙悟空	Sun Wukong, Tangseng's senior disciple
Tàishàng Lǎojūn	太上老君	Laozi, an immortal and great sage
Táng	唐	Tang empire
Tángsēng	唐僧	Tangseng, a Buddhist monk
Tiě Shàn Gōngzhǔ	铁扇公主	Princess Iron Fan, a demon
Tiě Shàn Xiānrén	铁扇仙人	Immortal Iron Fan, a demon
Tuōtǎ Lǐ	托塔李	Devaraja Li, an immortal
Wáng Qiáng	王嫱	Wang Qiang, a beautiful woman
Wǔzhǐ Shān	五指山	Five Finger Mountain
Xuē Tāo	薛涛	Xue Tao, a beautiful woman
Yǒngzhù Jīngāng	永住金刚	Diamond Guardian of Long Life
Yùhuáng Dàdì	玉皇大帝	Yellow Emperor
Yùmiàn Gōngzhǔ	玉面公主	Princess Jade Face, a demon's daughter
Zhào Yāo Jìng	照妖镜	Demon Reflecting Mirror
Zhū (Bājiè)	猪（八戒）	Zhu Bajie, Tangseng's middle disciple
Zhuō Wénjūn	卓文君	Zhuo Wenjun, a beautiful woman

Glossary

These are all the Chinese words (other than proper nouns) used in this book.

Pinyin	Chinese	English
a	啊	ah, oh, what
ānjìng	安静	quiet peaceful
ānquán	安全	safety
ba	吧	(indicates assumption or suggestion)
bá	拔	to pull
bǎ	把	(measure word for gripped objects)
bǎ	把	(preposition introducing the object of a verb)
bā	八	eight
bàba	爸爸	father
bǎi	百	hundred
bái (sè)	白(色)	white
báitiān	白天	day, daytime
bājiāo	芭蕉	plantain, banana
bànfǎ	办法	method
bàng	棒	rod, stick, wonderful
bǎng	绑	to tie
bāng (zhù)	帮(助)	to help
bǎobèi	宝贝	treasure, baby
bàochóu	报仇	revenge
bàogào	报告	report
bǎohù	保护	to protect
bàozi	豹子	leopard
bàzi	耙子	rake
bèi	倍	times
bèi	背	back

bèi	被	(passive particle)
běi	北	north
bēi (zi)	杯(子)	cup
bèn	笨	fool
běnlái	本来	originally
bǐ	比	compared to, than
bì (kāi)	避(开)	to avoid
biàn	变	to change
biàn	遍	(measure word for books)
biān	边	side
biànchéng	变成	to become
biǎozi	婊子	bitch
bié	别	do not
biéde	别的	other
bìxū	必须	must
bízi	鼻子	nose
bózi	脖子	neck
bù	不	no, not, do not
bù (zi)	步(子)	step
bù lǐ	不理	to ignore
bùguǎn zěnyàng	不管怎样	one way or another
búguò	不过	but
bùliǎo	不了	no more
bùxiǎng	不想	don't want
cái	才	only
cǎi	踩	to step on, to stomp on
cáifù	财富	wealth
cáinéng	才能	can only, ability
cānjiā	参加	to participate
cǎodì	草地	grassland

chá	茶	tea
cháng	长	long
chǎng	场	(measure word for public events)
chàng (gē)	唱（歌）	to sing
chē	车	car, cart
chéng (wéi)	成（为）	to become
chéngnuò	承诺	promise
chènshān	衬衫	shirt
chí	池	pool, pond
chǐ	尺	Chinese foot
chī (fàn)	吃（饭）	to eat
chī wán	吃完	finish eating
chīdiào	吃掉	to eat up
chījīng	吃惊	to be surprised
chōng	冲	to rise up, to rush, to wash out
chǒu	丑	ugly
chū	出	out
chuán	传	to pass on, to transmit
chuān (zhuó)	穿（着）	to wear
chuī	吹	to blow
chún	唇	lip
chūn (tiān)	春（天）	spring
chūshēng	出生	born
cì	次	(measure word for time)
cóng	从	from
cónglái méiyǒu	从来没有	there has never been
cōngmíng	聪明	clever
cū	粗	broad, thick
cūnzhuāng	村庄	village
cuò	错	wrong

dà	大	big
dǎ	打	to hit, to play
dǎ fān	打翻	to knock over
dà shèng	大圣	great sage
dà shēng	大声	loudly
dǎ suì	打碎	to smash
dǎ tuì	打退	to beat back
dǎbài	打败	defeat
dàdiàn	大殿	main hall
dǎgǔn	打滚	roll around
dài (zi)	带（子）	band, belt, ribbon, to carry, to lead
dài (zi)	袋（子）	bag
dàn (shì)	但（是）	but, however
dāng	当	when
dǎng (zhù)	挡（住）	to block
dāngrán	当然	certainly
dānxīn	担心	worry
dào	倒	to pour
dào	到	to arrive, towards
dào	道	path, way, Dao, to say
dǎo	倒	to fall
dàotián	稻田	paddy
dàwáng	大王	king
dàxiǎo	大小	size
de	地	(adverbial particle)
de	的	of
dé	得	(particle showing degree or possibility)
dédào	得到	to get
děng	等	to wait
dèng (zi)	凳（子）	bench, stool

dí	笛	flute
dì	地	land, ground
dì	第	(prefix before a number)
dǐ	底	bottom
diǎn	点	point, hour
diǎn tóu	点头	to nod
diào	掉	to fall, to drop, to lose
diāoxiàng	雕像	statue
dìfāng	地方	place
dìguó	帝国	empire
dǐng	顶	top
dìqiú	地球	earth
dírén	敌人	enemy
diū	丢	to throw
dìyù	地狱	hell, underworld
dòng	动	to move
dòng	洞	cave, hole
dǒng	懂	to understand
dōng	东	east
dōngxī	东西	thing
dōu	都	all
duàn	段	(measure word for sections)
duì	对	correct, towards someone
duī	堆	pile
duìbùqǐ	对不起	I am sorry
duìmiàn	对面	opposite
duǒ	朵	(measure word for flowers and clouds)
duǒ	躲	to hide
duō	多	many
dùzi	肚子	belly

é	鹅	goose
è	饿	hungry
en, èn	嗯	well, um
èr	二	two
ěr (duo)	耳（朵）	ear
érzi	儿子	son
fǎlìng	法令	decree
fāndòng	翻动	to flip
fàng	放	to put, to let out
fang (zi)	房（子）	house
fáng dǐng	房顶	roof
fāngfǎ	方法	method
fángjiān	房间	room
fàngqì	放弃	to give up, surrender
fàngsōng	放松	to relax
fàngxīn	放心	rest assured
fànwǎn	饭碗	rice bowl
fāshēng	发生	to occur
fāxiàn	发现	to find out
fēi	飞	to fly
fēicháng	非常	very
fēn (zhōng)	分（钟）	minute
féng	缝	to sew
fēng	风	wind
fènghuáng	凤凰	phoenix
fēnkāi	分开	separate
fènnù	愤怒	anger
fójiào tú	佛教徒	Buddhist
fózǔ	佛祖	Buddhist teacher
fù (rén)	妇（人）	lady, madam
fū (rén)	夫（人）	lady, madam

fùjìn	附近	nearby
gài	盖	cover, to cover
gǎi (biàn)	改 (变)	to change
gǎn	敢	to dare
gǎn (dào)	感 (到)	to feel
gāng (cái)	刚 (才)	just, just a moment ago
gāng (tiě)	钢 (铁)	steel
gǎnxiè	感谢	to thank
gāo	糕	cake
gāo	高	tall, high
gàosù	告诉	to tell
gāoxìng	高兴	happy
gè	个	(measure word, generic)
gē	歌	song
gēge	哥哥	elder brother
gěi	给	to give
gēn	根	(measure word for long thin things)
gēn (zhe)	跟 (着)	with, to follow
gèng	更	watch (2-hour period)
gèzi	个子	stature
gōngdiàn	宫殿	palace
gōngjī	攻击	to attack
gōngrén	工人	worker
gōngzhǔ	公主	princess
gōngzuò	工作	work
gǒu	狗	dog
gǔ	股	(measure word for air, flows, ...)
gǔ	谷	valley, grains
guài	怪	to blame
guān	关	to turn off, to close
guāng	光	light

guānghuá	光滑	smooth
guānyú	关于	about
guì	跪	to kneel
guǐ (guài)	鬼 (怪)	ghost
guīshùn	归顺	to submit
guīzé	规则	to rule
gǔn	滚	to roll
guó	国	country
guò	过	to pass
guòlái	过来	to come
guòqù	过去	past, to pass by
gùshì	故事	story
gǔtou	骨头	bone
hái	还	still, also
hǎi	海	ocean, sea
hái yǒu	还有	and also
hàipà	害怕	fear
háizi	孩子	child
hǎn (jiào)	喊 (叫)	to call, to shout
hǎo	好	good, very
hé	和	with
hé	河	river
hē	喝	to drink
hēi (sè)	黑色	black
hěn	很	very
héng	横	horizontal
héshang	和尚	monk
hóng (sè)	红 (色)	red
hòu	后	after, back, behind
hòulái	后来	later
hòumiàn	后面	behind

hóuzi	猴子	monkey
hú	湖	lake
hǔ	虎	tiger
huā	花	flower
huài	坏	bad
huán	还	to give back
huáng (sè)	黄（色）	yellow
huángdì	皇帝	emperor
huí	回	to return
huì	会	will, to be able to
huī	灰	gray, dust
huī (dòng)	挥（动）	to swat, to wave
huídá	回答	to reply
húlí	狐狸	fox
hùndùn	混沌	chaos
huó	活	to live
huǒ	火	fire
huò (zhě)	或（者）	or
huǒpén	火盆	brazier
húsūn	猢狲	ape
jǐ	几	several
jī	击	to hit
jī	鸡	chicken
jì (dé)	记（得）	remember
jiǎ	假	fake
jiā	家	family, home
jiàn	件	(measure word for clothing, matters)
jiàn	剑	sword
jiàn	见	to see, to meet
jiān	肩	shoulder
jiān	间	between

jiàn rén	贱人	slut
jiǎng	讲	to speak
jiào	叫	to call, to yell
jiǎo	脚	foot
jiǎo	角	corner, horn
jiārén	家人	family
jiǎzhuāng	假装	to pretend
jìchéng	继承	to inherit
jiè	借	to borrow, to lend
jiē (guò)	接(过)	to take
jiējìn	接近	close to
jièshào	介绍	introduction
jiēshòu	接受	to accept
jiéshù	结束	end, finish
jīhū	几乎	almost
jìhuà	计划	plan
jīhuì	机会	opportunity
jìjié	季节	season
jíle	极了	extremely
jìn	近	close
jìn	进	to enter
jīn	筋	tendon
jīn (sè)	金(色)	golden
jìng	静	quiet
jīng	精	spirit
jìng (zi)	镜(子)	mirror
jīngguò	经过	after, through
jīngshū	经书	scripture, holy book
jīntiān	今天	today
jiù	就	just, right now
jiù	救	to save, to rescue

jiù	旧	old
jiǔ	久	long
jiǔ	九	nine
jiǔ	酒	wine, liquor
jìxù	继续	to carry on
jù	句	(measure word for word, sentence)
jù (dà)	巨 (大)	huge
jǔ (qǐ)	举 (起)	to lift
juédé	觉得	to feel
jūgōng	鞠躬	to bow down
jùjué	拒绝	to refuse
jūnzǐ	君子	gentleman
kāi	开	to open
kāishǐ	开始	start
kāixīn	开心	happy
kàn	看	to look
kǎn	砍	to cut
kàn qǐlái	看起来	it looks like
kě	渴	thirst
kē	棵	tree
kē	颗	(measure word for small objects)
kě'ài	可爱	lovely, cute
kělián	可怜	pitful
kěnéng	可能	possible
kěpà	可怕	frightening, terrible
kèrén	客人	guest
kētóu	磕头	to kowtow
kěyǐ	可以	can
kōngqì	空气	air
kòngzhì	控制	control
kǒu	口	mouth

kū	哭	to cry
kuài	块	(measure word for chunks, pieces)
kuài	快	fast
kuàilè	快乐	happiness
kuān	宽	width
kuījiǎ	盔甲	armor
kùnhuò	困惑	confused
lái	来	to come
láizì	来自	from
lán (sè)	蓝（色）	blue
láng	狼	wolf
lǎo	老	old
lǎohǔ	老虎	tiger
le	了	(indicates completion)
lèi	累	tired
léi (shēng)	雷（声）	thunder
lěng	冷	cold
lěngjìng	冷静	calm
lí	离	away from, to leave
lì	力	force
lǐ	里	a Chinese mile
li (miàn)	里（面）	inside
lián	连	even, to connect
liǎn	脸	face
liáng	凉	cool
liàng	亮	bright
liàng	辆	(measure word for vehicles)
liǎng	两	two
liǎojiě	了解	to understand
lìhài	厉害	amazing, powerful
líkāi	离开	to leave

lìng	另	other, another
lìngwài	另外	other, another, in addition
liú	流	to flow
liù	六	six
liú (xià)	留（下）	to keep, to leave behind, to stay
lǐwù	礼物	gift
lóng	龙	dragon
lù	路	road
lù	鹿	deer
lǜ (sè)	绿（色）	green
lún	轮	wheel
lǚtú	旅途	journey
ma	吗	(indicates a question)
mà	骂	to scold
mǎ	马	horse
máfan	麻烦	trouble
mài	卖	to sell
mǎi	买	to buy
māma	妈妈	mother
màn	慢	slow
mǎn	满	full
máng	忙	busy
mǎnyì	满意	satisfaction
máo	毛	hair
máo	矛	spear
mào (zi)	帽（子）	hat
mǎshàng	马上	immediately
méi	没	not
měi	每	each
měi (lì)	美（丽）	beautiful
méi (mao)	眉（毛）	eyebrow

méiyǒu	没有	not have
men	们	(indicates plural)
mén	门	door, gate
mǐ	米	rice, meter
miàn	面	side, surface, noodles
miànqián	面前	in front
miǎo zhōng	秒钟	seconds
miè	灭	to extinguish
mǐfàn	米饭	cooked rice
míng	名	(measure word for people)
mìng	命	life
míngbái	明白	to understand
míngliàng	明亮	bright
mìnglìng	命令	command
mó (fǎ)	魔 (法)	magic
mó (lì)	魔 (力)	magic
móguǐ	魔鬼	demon
mù (tou)	木 (头)	wood
mǔzhǐ	拇指	thumb
ná	拿	to take
nà	那	that
nǎ ('er)	哪 (儿)	where?
nàlǐ	那里	there
nǎlǐ	哪里	where
nàme	那么	so then
nán	南	south
nán	男	male
nán	难	difficult
nánhái	男孩	boy
nàyàng	那样	that way
ne	呢	(indicates question)

néng	能	can
nénggòu	能够	able to, capable of
nǐ	你	you
nǐ hǎo	你好	hello
nián	年	year
niàn	念	to read aloud
niánqīng	年轻	young
niǎo	鸟	bird
nígū	尼姑	nun
niú	牛	cow, bull
nòng	弄	to do
nǚ	女	female
nuǎn	暖	warm
nǚ'ér	女儿	daughter
nǚhái	女孩	girl
ó, ò	哦	oh?, oh!
pá	爬	to climb
pán	盘	wound around (for hair)
páng (biān)	旁（边）	beside
pángxiè	螃蟹	crab
pǎo	跑	to run
pèng	碰	to touch
péngyǒu	朋友	friend
piàn	片	(measure word for flat objects)
piàn (shù)	骗（术）	to trick, to cheat
piào (zǒu)	漂（走）	to drift away
piàoliang	漂亮	pretty
pìgu	屁股	butt, rear end
púrén	仆人	servant
púsà	菩萨	bodhisattva, buddha
pǔtōng	普通	ordinary

qí	骑	to ride
qǐ	起	from, up
qī	七	seven
qián	前	in front, before
qiān	千	thousand
qiān	牵	to lead
qiáng	墙	wall
qiáng (dà)	强（大）	strong, powerful
qiángdào	强盗	bandit
qiāo	敲	to knock
qǐlái	起来	(after verb, indicates start of an action)
qīn'ài de	亲爱的	dear
qǐng	请	please
qīngchǔ	清楚	clear
qíngkuàng	情况	situation
qǐngqiú	请求	request
qīngshēng	轻声	speak softly
qǐngwèn	请问	excuse me
qǐshēn	起身	get up
qítā	其他	other
qiú	求	to beg
qiū (tiān)	秋（天）	autumn
qízhōng	其中	among them
qīzi	妻子	wife
qù	去	to go
quán (tóu)	拳（头）	fist
qún	群	group, (measure word for group)
ràng	让	to let, to cause
ránhòu	然后	then
ránshāo	燃烧	burning

rè	热	heat
rén	人	person, people
rěn (shòu)	忍 (受)	to endure, to tolerate
rēng	扔	to throw
réngrán	仍然	still, yet
rènhé	任何	any
rénjiān	人间	human world
rènshí	认识	to understand
rènwéi	认为	to believe
róngyì	容易	easy
róngyù	荣誉	honor
rúguǒ	如果	if
sān	三	three
sǎosao	嫂嫂	sister-in-law (older brother's wife)
shā	杀	to kill
shā	沙	sand
shān	山	mountain
shàn (zi)	扇 (子)	fan
shàng	上	on, up
shāng (hài)	伤 (害)	hurt
shāo	烧	burn
shén	神	god
shēn	深	late, deep
shēn	身	body
shēnbiān	身边	around
shēng	生	to give birth, to grow out
shèng sēng	圣僧	holy monk, Bodhisattva
shēnghuó	生活	life
shèngjīng	圣经	holy scripture
shēngmìng	生命	life
shēngqì	生气	angry

shēngwù	生物	animal, creature
shēngyīn	声音	sound
shéngzi	绳子	rope
shénme	什么	what?
shénqí	神奇	magical
shēntǐ	身体	body
shétou	舌头	tongue
shí	十	ten
shì	是	is, yes
shì	试	to taste, to try
shī	湿	wet
shī (gē)	诗（歌）	poetry
shí (hòu)	时（候）	time, moment, period
shì (qing)	事（情）	thing
shí (tou)	石（头）	stone
shībài	失败	failure
shìbīng	士兵	soldier
shīfu	师父	master
shíjiān	时间	time, period
shìjiè	世界	world
shìwèi	侍卫	guard
shíwù	食物	food
shīzi	狮子	lion
shǒu	手	hand
shòudào	受到	to suffer
shǒushì	手势	gesture
shù	束	bundle
shù	树	tree
shuāng	霜	frost
shūfú	舒服	comfortable
shuí	谁	who

shuì	睡	sleep
shuǐ	水	water
shuǐguǒ	水果	fruit
shuō (huà)	说（话）	to say
shuōhuǎng	说谎	lie
shūshu	叔叔	paternal uncle (father's younger brother)
sì	四	four
sǐ	死	die
sī	丝	silk
sì (miào)	寺（庙）	temple
sīchóu	丝绸	silk cloth
sìzhōu	四周	all around
sòng (gěi)	送（给）	to give a gift
suì	岁	years of age
sūnnǚ	孙女	granddaughter
sūnzi	孙子	grandson
suǒ	锁	to lock
suǒyǐ	所以	so
suǒyǒu	所有	all
sùshí	素食	vegetarian food
tǎ	塔	tower
tā	他	he, him
tā	她	she, her
tā	它	it
tài	太	too
táitóu	抬头	to look up
tàiyáng	太阳	sunlight
tàizǐ	太子	prince
tán	弹	to bounce off
tán zòu	弹奏	to play

táo (zǒu)	逃（走）	to escape
táopǎo	逃跑	to run away
téng	疼	pain
tī	踢	to kick
tiāndì	天地	world
tiān'é	天鹅	swan
tiānkōng	天空	sky
tiānqì	天气	weather
tiānshàng	天上	heaven
tiāntáng	天堂	heaven
tiáo	条	(measure word for narrow, flexible things)
tiào	跳	to jump
tiě	铁	iron
tīng	听	to listen
tīng shuō	听说	it is said that
tíngzhǐ	停止	stop
tóng	同	same
tòng (kǔ)	痛（苦）	suffering
tóngyì	同意	agree
tóu	头	head
tōu	偷	to steal
tóufà	头发	hair
tóunǎo	头脑	mind
tǔ	吐	to spit out
tǔ	土	dirt, earth
túdì	徒弟	apprentice
tǔdì	土地	land
tuì	退	retreat
tuǐ	腿	leg
tuī	推	to push

tūjiù	秃鹫	vulture
tuō (xià)	脱（下）	to take off (clothes)
túrán	突然	suddenly
túshūguǎn	图书馆	library
wàimiàn	外面	outside
wàiyī	外衣	coat
wán	完	to finish
wán	玩	to play
wàn	万	ten thousand
wān	弯	to bend
wánchéng	完成	to complete
wǎnfàn	晚饭	dinner
wáng	王	king
wàng (jì)	忘（记）	to forget
wǎnshàng	晚上	night
wèi	位	(measure word for people, polite)
wèi	位	place, position
wèi	喂	to feed
wéi (zhù)	围（住）	to surround
wèilái	未来	future
wèishénme	为什么	why
wèn	问	to ask
wènhǎo	问好	to say hello
wèntí	问题	problem, question
wǒ	我	I, me
wù	雾	fog
wǔ	五	five
wúchǐ	无耻	wretched
wǔqì	武器	weapon
wǔyánliùsè	五颜六色	colorful
xī	溪	stream

xī	西	west
xià	下	down, under
xià	夏	summer
xià huài	吓坏	frightened
xià yǔ	下雨	to rain
xiàn	线	thread, line
xiān	仙	immortal, celestial being
xiān	先	first
xiàng	像	like, to resemble
xiàng	向	towards
xiàng	象	elephant
xiǎng	想	to want, to miss, to think of
xiāng	相	mutually
xiǎng yào	想要	would like to
xiǎngdào	想到	to think
xiǎngshòu	享受	to enjoy
xiāngtóng	相同	the same
xiāngxìn	相信	to believe, to trust
xiāngyù	相遇	to meet
xiānshēng	先生	gentlemen
xiànzài	现在	now
xiào	笑	to laugh
xiǎo	小	small
xiǎoshí	小时	hour
xiāoshī	消失	to disappear
xiǎoxīn	小心	to be careful
xiàtiān	夏天	summer
xiè	谢	to thank
xǐhuān	喜欢	to like
xīn	心	heart, mind
xīn	新	new

xíng	行	to travel, to walk, OK
xīngxīng	星星	star
xióng	熊	bear
xiōng	胸	chest
xiōngdì	兄弟	brother
xīshuài	蟋蟀	cricket
xiūchǐ	羞耻	shame
xiūrù	羞辱	to insult, to humiliate
xiūxí	休息	to rest
xiùzi	袖子	sleeve
xīwàng	希望	to hope
xuǎn (zé)	选 (择)	to select
xǔduō	许多	many
xuě	雪	snow
xué (xí)	学 (习)	to learn
xuēruò	削弱	to weaken
xuēzi	靴子	boots
xūruò	虚弱	weak
xūyào	需要	to need
yá (chǐ)	牙 (齿)	tooth, teeth
yàn (huì)	宴 (会)	feast, banquet
yǎn (jīng)	眼 (睛)	eye
yáng	羊	goat, sheep
yàngzi	样子	to look like, appearance
yào	药	medicine
yào	要	to want
yāo	腰	waist, small of back
yáo (dòng)	摇 (动)	to shake or twist
yāodài	腰带	belt
yāoguài	妖怪	monster
yāoqǐng	邀请	to invite

yāoqiú	要求	to request
yè	夜	night
yě	也	and also
yě	野	wild
yè (zi)	叶（子）	leaf
yèchā	夜叉	yaksha, nature spirit
yètǐ	液体	liquid
yéye	爷爷	grandfather
yī	一	one
yī (fu)	衣（服）	clothes
yì (si)	意（思）	meaning
yìdiǎn	一点	a little bit
yídìng	一定	must
yīhuǐ'er	一会儿	a while
yǐjīng	已经	already
yíng	赢	to win
yīng	鹰	hawk, eagle
yìngbì	硬币	coin
yīnggāi	应该	should
yǐngxiǎng	影响	influence
yīnwèi	因为	because
yīnyuè	音乐	music
yìqǐ	一起	together
yǐqián	以前	before
yǐwéi	以为	to think, to believe
yíyàng	一样	same
yìzhí	一直	always, continuously
yǐzi	椅子	chair
yòng	用	to use
yònglì	用力	to use effort or strength
yǒngyuǎn	永远	forever

yóu	油	oil
yóu	游	to swim, to tour
yóu	由	from, by, because of
yòu	又	again
yòu	右	right (direction)
yǒu	有	to have
yǒudiǎn	有点	a little bit
yǒuhǎo	友好	friendly
yóurén	游人	traveler, tourist
yǒuyì	友谊	friendship
yú	鱼	fish
yù	玉	jade
yǔ	语	words, language
yǔ	雨	rain
yù (dào)	遇（到）	encounter, meet
yuǎn	远	far
yuàn (yì)	愿（意）	willing
yuánlái	原来	turn out to be
yuánliàng	原谅	to forgive
yuányīn	原因	reason
yuè (liàng)	月（亮）	month, moon
yuè lái yuè	越来越	more and more
yún	云	cloud
zá (suì)	砸（碎）	to smash
zài	再	again
zài	在	in, at
zàihū	在乎	to care
zāng	脏	dirty
zào	造	to make
zǎochén	早晨	morning
zàochéng	造成	cause

zǎoshang	早上	morning
zěnme	怎么	how
zěnme bàn	怎么办	how to do
zěnme yàng	怎么样	how about it
zěnmele	怎么了	what happened
zěnyàng	怎样	how
zhǎ	眨	to blink, to wink
zhàn	站	to stand
zhàndòu	战斗	fighting
zhǎng	长	to grow
zhāng	章	chapter
zhāng (kāi)	张(开)	open
zhàngfū	丈夫	husband
zhǎnglǎo	长老	chief elder
zhànshì	战士	warrior
zhào	照	according to
zhǎo	找	to search for
zhàogù	照顾	to take care of
zhe	着	(indicates action in progress)
zhè	这	this
zhème	这么	such
zhēn	真	true, real
zhèng	正	correct, just
zhěng	整	all, entire
zhèng zài	正在	(-ing)
zhèngcháng	正常	normal
zhēngqì	蒸汽	steam
zhèyàng	这样	such
zhǐ	只	only
zhǐ	指	to point at
zhī	只	(measure word for animals)

zhīdào	知道	to know
zhīqián	之前	prior to
zhǒng	种	(measure word for kinds of creatures, things, plants)
zhōng	中	in, middle
zhōng	钟	bell
zhòng (dì)	种（地）	farming
zhōngwǔ	中午	noon
zhōngyú	终于	at last
zhù	住	to live, to hold
zhǔ	煮	to cook
zhū	猪	pig
zhuā (zhù)	抓（住）	to arrest, to grab
zhuǎn	转	to turn
zhuān(tóu)	砖（头）	brick
zhuāng mǎn	装满	to fill up
zhuǎnshēn	转身	turn around
zhuǎnxiàng	转向	turn to
zhūbǎo	珠宝	jewelry
zhùfú	祝福	blessing
zhuī	追	to chase
zhǔnbèi	准备	ready, prepare
zhǔrén	主人	owner
zìcóng	自从	ever since
zìjǐ	自己	oneself
zǒu	走	to go, to walk
zuànshí	钻石	diamond
zuì	醉	drunk
zuǐ	嘴	mouth
zuì hǎo	最好	the best
zuìhòu	最后	last, at last

zuìjìn	最近	recently
zuò	做	to do
zuò	坐	to sit
zuò	座	(measure word for mountains, temples, big houses, …)
zuò	座	seat
zuǒ	左	left (direction)
zuó wǎn	昨晚	last night
zuótiān	昨天	yesterday
zuǒyòu	左右	approximately
zǔzhǐ	阻止	to stop, to prevent

About the Authors

Jeff Pepper (author) is President and CEO of Imagin8 Press, and has written dozens of books about Chinese language and culture. Over his thirty-five year career he has founded and led several successful computer software firms, including one that became a publicly traded company. He's authored two software related books and was awarded three U.S. patents.

Dr. Xiao Hui Wang (translator) has an M.S. in Information Science, an M.D. in Medicine, a Ph.D. in Neurobiology and Neuroscience, and 25 years experience in academic and clinical research. She has taught Chinese for over 10 years and has extensive experience in translating Chinese to English and English to Chinese.